お姫様と名建築

嶽本野ばら

イラスト
ayumi.

X-Knowledge

お姫様と名建築　もくじ

第1章 アジアのお姫さま

第2章 歴史を動かした鉄板お姫さま

第5章 幽霊城とお姫さま

ブックデザイン 松田行正＋梶原結実
印刷 シナノ書籍印刷

第1章

アジアのお姫さま

推古天皇と法隆寺

Empress Suiko & Horyuji Temple

お城から可愛いお寺まで

きらびやかなお城とメルヘンなお姫さまが一杯登場するのだろうとワクワクし、いきなりお寺でさぞかしがっかりなさったでしょう。

でもお待ち下さい。先ずは取り上げるお城の定義を先に説明しておきたいのです。

お城（castle）は本来、敵の攻撃に備える軍事的な用途で作られています。ですから居住に適さないものもたくさんあります。王さま、王子さま、お姫さま達が住居として使うお城の場合は、**軍事施設**も兼ね備えておくと便利――エコノミックな発想から建築されている訳です。

軍事施設になんぞ住みたくない！　という場合、王さま達は**宮殿**（palace）を作りそこで暮らします。僕らが思い浮かべるお城のイメージは恐らく、宮殿とお城がごちゃまぜになったものです。ですからここではお城も宮殿も取り上げたいと思います。

お城だけでは心許ないので、街そのものを塀で囲むなどし、巨大な**城塞**《じょうさい》を作ってしまう場合もあります。**城塞都市**（walled cities）といわれるものです。

この場合、街そのものがお城なのですから、僕達が思い描くような建物が存在しないことも多いです。わざわざ、あの建物は豪華で背が高いから偉い人達が住んでいる場所に違いない――と敵に知らせるものを建てる王さまがいましょうか？

城塞都市にお城がある場合、それの外見は地味なことが多い。しかし城塞都市のお城の近くには大抵、荘厳な**教会**（**church**）、**聖堂**（**cathedral**）が作られています。

教会と聖堂は同じようなものですが、**廟**《びょう》（**mausoleum**）の役目も果たす場合は、聖堂と呼ぶ。廟という言葉は馴染みが薄いかもしれませんが、お墓のこと。廟は死んだ王さまやお姫さま達の住処ですので、死者の宮殿だともいえる。

いくらご先祖さまだと申せ、お墓の近くで暮らすのは嫌だなと僕らは考えてしまいますが、昔は死んでも王さまは王さま、自分達の住んでいる隣くらいにその居を構えておいて欲しいと願ったのです。死者と一緒に暮らすのは支障があるが……。いわゆる**二世帯住宅**の思想です。

かくなる理由から、**寺院**（**temple**）なども、この度は加えることにしました。

エミリーテンプルキュートというロ**リータ**のメゾンがありますが、僕は海外の人からその名の意味が解らないとよく嘆かれます。**シャーリーテンプル**なる子供服のメゾンがあり、これが一世を風靡した子役の名から取られているのは解る。しかしその少し上の世代に向けたラインが、**エミリーテンプル**で、そこから更にティーン向けのロリ服のラインが出来たから、エミリーテンプルキュート——という説明は納得してもらえない。

海外の人にとって、エミリーテンプル（Emily Temple）は〃エミリー寺〃でしかない。それにキュートがついちゃうのだから「エミリーの寺は可愛い？　どういうこと？」、首を捻られる。そんな時、僕はいつも、嘘をいいます。

「日本には沢山、お寺があります。あれはあなた達の国でいうお城のようなものです。ですからね、とても可愛いエミリー城——と考えてくだされぱいいのです」

「あなたが日本で一番可愛いと思うお寺は何処ですか？」

更に訊かれても、うろたえません。

「**金閣寺**は有名ですが可愛くないですね。成金趣味もいいところです。一番可愛いのは奈良の**法隆寺**ですよ。現存する世界最古の**木造建築**として**世界遺産**に登録されています。**五重塔**と**夢殿**という八角の**円堂**があります。夢殿とは、ドリーム・パレスです。日本人は古代からとてもメルヘンだったのです。日本のロリータは皆、法隆寺に行きます」

どうせバレませんし、嘘に嘘を重ねます。

推古天皇と聖徳太子

僕達は法隆寺というと、飛鳥時代、**推古天皇**《すいこてんのう》が**聖徳太子**《しょうとくたいし》と共に仏教普及の為に建立した寺だと思っています。『**日本書紀**』にそう書かれているからです。

『日本書紀』は720年（養老4年）に複数の編者によって編まれた日本最古の正史とされますが、哲学者の**梅原猛**《うめはらたけし》さんはそうじゃない、あれは**藤原不比等**《ふじわらのふひと》が書いたもので、自分達に都合のいいよう事実を捻じ曲げている——と推測なさいます。

藤原不比等のお父さん、**藤原鎌足**《ふじわらのかまたり》は**中大兄皇子**《なかのおおえのおうじ》と共謀、宮中、**皇極天皇**《こうぎょくてんのう》の前で**蘇**《そ》**我入鹿**《がのいるか》を殺しちゃった（**乙巳の変**《いっしのへん》）人です。

皇極天皇は第34代の**舒明天皇**《じょめいてんのう》のお妃さまで、舒明天皇の崩御後、継嗣《けいし》の皇子が決まらないので自身が第35代天皇として即位しました。男子がなるのが慣わしなれど、舒明天皇の前は**欽明天皇**《きんめいてんのう》の娘の**額田部皇女**《ぬかたべのひめみこ》が天皇——第33代推古天皇になっているし、まぁいいかと女帝の位につかれた。

　でも未亡人である皇極天皇はその身体がうずくのでしょう、**蘇我蝦夷**《そがのえみし》の息子の蘇我入鹿となさぬ仲になり、入鹿のいいなり状態。そこで藤原鎌足は中大兄皇子に「入鹿にいいようにされていてお前、平気な訳？」焚き付け、入鹿をやっちまおう計画を企てた。

　中大兄皇子は舒明天皇と皇極天皇の間に生まれた息子さんです。だから皇位継承者。

　中大兄皇子とすれば、「母さん、僕をほったらかしにして、関係のない入鹿に入れあげるなんてサイテーだ！」と怒っても当然なのですよね。もしかすると中大兄皇子は藤原鎌足にそそのかされたのではなく、母の皇極天皇から「ねぇ、カヅちゃん（中大兄皇子は諱《いみな》をカヅラギという）、私、入鹿さんと結婚しようと思うんだ。あなたにも新しいお父さん、必要だと思うし」と告げられ、ブチ切れたのかもしれません（まだ彼も、思春期でしたしね）。

　入鹿を殺した後、鎌兄は蘇我氏を滅亡させちゃいます。鎌足はすぐに中大兄皇子を天皇に据えず「まだ若いしもう少し待った方が波風がたたない」と説得し、皇子の叔父にあたる**軽皇子**《かるのみこ》を36代の**孝徳天皇**《こうとくてんのう》とします。

　鎌足は軽皇子なぞ天皇として全くダメと思っていたけど、中大兄皇子を誘う前に彼に接近、その際、美人の愛妃（**阿倍内麻呂**《あべのうちのまろ》の娘の**小足媛**《おたらしひめ》）を差し出され、夜の接待を受けたので、見返りとして彼を孝徳天皇として推すことにしたともいわれます。なんか、サイテーな話ですが、かなり信憑性はあるようです。

推古天皇在位以降の話ばっかになりましたが、蘇我入鹿はものすごく権力に執着した人で、推古天皇が病死した後、後継者として名が浮上した**山背大兄王**《やましろのおおえのおう》の住む**斑鳩宮**《いかるがのみや》を襲い、逃げるのを追い、その一族を根絶やしにしています。

山背大兄王は——**厩戸皇子**《うまやどのおうじ》——つまり聖徳太子の息子さんです。

梅原猛さんは、しかし山背大兄王の一族根絶は入鹿がやったとされているけれど、鎌足も加わったと考えます。入鹿のみを悪人にして藤原氏は筋の通ることをしてきたと歴史上、辻褄を合わせたくて藤原不比等が『日本書紀』に嘘を書いたと推理します。

そして法隆寺は、山背大兄王をはじめ聖徳太子の眷属《けんぞく》を滅したから、きっと太子は自分達に祟りをなすに違いない。これを鎮める目的で建てたと結論します。

それを証拠に法隆寺の**中門**には中央に意味不明の柱が立っている！

門は招き入れる施設なのにまるで何かを封じ込めているようではないか！

法隆寺の真相

興味をお持ちになったなら梅原猛さんの『**隠された十字架**』をお読みになるとよいでしょう。

僕などは法隆寺といえば**山岸凉子**《やまぎしりょうこ》の『**日出処**《ひいずるところ》**の天子**《てんし》』を思い出してしまうのですが、山岸さんも梅原猛さんに影響を受け『日出処の天子』を創作なさったそうですので、両方、知っているととても役に立ちます。

山岸さんの場合は、梅原説通り、聖徳太子と推古天皇亡き後、建てられたことにすると話がややこしいので、2人が政《まつりごと》を司っている間に法隆寺を建てる設定になさっていますが、よく読むと、巧みに一欠片も物語に法隆寺という文言が出てこないのが解ります。厩戸皇子が雨乞いで篭《こも》る夢殿も、移動式。簡単に動かせる設備として登場します。

そして本当にあったらしい670年の法隆寺全焼事件は、厩戸皇子と**膳大郎女**《かしわでのいらつめ》の娘として生まれた聾唖《ろうあ》の美しき姫君、**馬屋古女王**《うまやこのひめみこ》が起こしたものとして描かれます。

『日本書紀』で推古天皇は〝姿色端麗〟と記されますが、藤原不比等の捏造疑惑を考慮すればどこまで信じていいか解りません。**土佐光芳**《とさみつよし》の筆による翳《さしば》（扇の原型）を持つ肖像画も江戸期に描かれたものですし……。でもファッションにしろ何にせよ、中国を懸命に真似しようとしてたのは間違いないです。

仏教導入が政治絡みだったのは確実ながら、当時の権力者達にとっては中国ってカッコええなぁ、皆持っとる棒付きの丸いやつ、オシャレじゃなぁ……真似したい気持ちの方が大きかった気がします。

だから推古天皇は聖徳太子を擁護した。中国事情に明るい太子は当時の最先端ですし、彼の話を聞かされクラクラきたに違いありません。それに太子、長い髪を下げみづら、花飾りで結びあの美貌ですもの……。

でもそれは山岸版のポートレイトか（笑）。

山岸さんの推古天皇、いつも髪型、**ミッキーマウス**ですね。可愛いです。

楊貴妃と華清宮
Yang Guifei & Huaqinggong

傾国の悪女達

驪山《りざん》の麓《ふもと》、**華清宮**《かせいきゅう》にて時の皇帝、**玄宗**《げんそう》の寵愛を一心に受け過ごした**楊貴妃**《ようきひ》は世界三大美女と謳われますが、本国、中国では**則天武后**《そくてんぶこう》、**韋后**《いこう》と共に唐時代の傾国三大美女なる悪しき御三家にも教えられるお姫さまです。

楊貴妃を語るには、則天武后から始めるのが賢明かもしれません。則天武后は唐の第3代皇帝、**高宗**《こうそう》のお妃ながら彼の病弱をいいことに政治の実権を握り、やりたい放題、国名すら周に変更した中国唯一の女帝（晩年、息子が即位し、国名はまた唐に戻る）。元は第2代皇帝**太宗**《たいそう》の後宮で寵愛を受ける才人（妃嬪《ひひん》にも階級があり、地位的には下。四夫人、九嬪《きゅうひん》、婕妤《しょうよ》九人、美人《びじん》九人、才人《さいじん》九人、宝林《ほうりん》二十七人……というふうに続く）ですが、太宗が死んだので次の皇帝、息子である高宗の後宮に入りました。

これは高宗の妃、**王皇后**《おうこうごう》の差し金。王皇后は高宗が自分よか**蕭淑妃**《しょうしゅくひ》を可愛がったので、このままじゃ負ける、そういや前から高宗はあのコを気にかけていたし……と、出家していた武后を後宮に戻し、高宗を蕭淑妃より引き離す作戦にでました。これは成功しますが、ライバルを蹴落とす意味においては武后の方が遥かに上でした。

武后はなんと、自分の娘を縊り殺し、その罪を王皇后になすりつけ、高宗に言いつけ、彼女を罪人として追い出すのです。同様、蕭淑妃も追放します。言い伝えによれば、この2人を監禁、鞭で百叩きした挙句、両手両足を切り酒樽の中に放り込んだらしい。

こうして邪魔者を悉く排除した武后は高宗の正式なお妃となり、一生幸せに暮らしましたとさ。めでたし、めでたし。

父と息子が奪い合った美女

めでたくはないですね。でもこうやって武后は歯向かう、あるいは邪魔な人間を毒殺や奸計《かんけい》で次々、駆逐《くちく》していったのです。
澁澤龍彦《しぶさわたつひこ》はこう書きます。「ごく大ざっぱにいって、武后はその在位期間三十年（晩年の治世を除く）のあいだに、太宗、高宗の兄弟一族七十余人、宰相、大臣級の高官三十六人を皆殺しにしてしまったのである。（『世界悪女物語』）」

韋后というのは悪しきお姫さまとしてそれよか小者ですが、高宗と武后の間に生まれた**中宗**《ちゅうそう》（高宗の崩御で一時皇帝になる）のお妃で、自分の娘と結託し、姑にあたる則天武后の真似をし、夫を毒殺、女帝として全権掌握を狙った人です。

そんなものですし、則天武后と韋后が傾国の姫とされるのはしょうがないですが、楊貴妃は特に何も悪いことはしてはいません。誰かを妬み告げ口をした、意地悪をしたという記録すらない。

では何故に傾国のお姫さまなのか？　玄宗を骨抜きにしてしまったからです。

骨抜きといえど、則天武后の如き残忍さで本当に玄宗の首に穴をあけ、脊髄を引っこ抜いてしまう――ような行為には及びませんでしたし、男らしき玄宗に服従を教え込み、マゾヒストに仕立て上げたわけでもありません。

玄宗は優秀な皇帝だったのですが、楊貴妃を迎えてからは遊んでばかりいるようになった。従い、あの女のせいで国が傾いたと後に悪口をいわれるようなったのです。

楊貴妃にしてみればとんだいいがかりですよ。誘惑したでもなし、勝手に玄宗が自分にのめり込んでしまったのですからね。

玄宗は**武恵妃**《ぶけいひ》という後宮の女性を可愛がっていました。しかしこの武恵妃、実は則天武后の従兄妹筋にあたる人なのですよ。

玄宗は正妻が子供を宿さなかった為、廃后させ、武恵妃に子供が出来たのを機に皇后に据えたかった。しかし、則天武后、韋后にも通じる続柄であるが故、周囲の反対にあいました。しょうがないので恵妃の位を与えるにとどめるのですが、彼女は40歳の若さで死んじゃいます。

先立たれた玄宗は抜け殻のようになってしまったのですが、ある時、素敵な女のコを見つけ、正気を取り戻す。その女のコこそが楊貴妃です。

この時、楊貴妃は**寿王**《じゅおう》という人のお妃でした。皇帝ですしね、誰の妃であろうと横取りして構わないのですが、寿王は玄宗と武恵妃の間に出来た息子でした。

いくら皇帝でも息子の嫁を奪うのは良くありません。

でも玄宗は一旦、楊貴妃を出家させ、後、還俗の手順を駆使、道義に反しない体裁で自分の後宮に入れちゃいます。寿王は22歳で17歳の楊貴妃を迎えましたので歳の差は5つ、しかし22歳になった楊貴妃を入宮させた時、玄宗は56歳――歳の差34、我が父とはいえとんだエロジジィめが！――寿王は恨んだに相違ありません。

玄宗にしろ躊躇いはあったでしょう。息子に悪い――というでなく自分の宿命の数奇に戸惑った。何故ならかつて悪政の女帝となった則天武后は、高宗（つまり玄宗の祖父）がその父、太宗の女官だったにも拘わらず、入宮させた者だったからです。父親の嫁を取った祖父を持つ自分が、今度は息子の嫁を奪う。

己の後宮には約3000人もの女性が仕えているにもかかわらず……。

楊貴妃と温泉に溺れた玄宗

エロジジィ――失礼、玄宗は楊貴妃に逢う頃、すでに施政に倦み疲れていたといわれます。なるほど、楊貴妃と過ごした記録をひもとけば、厭世として享楽に溺れたと思わされる記述が多々、見受けられます。
玄宗はもっぱら西安の**興慶宮**《こうけいきゅう》で政務をとっていたのですが、楊貴妃を伴いそこから南、約30キロ離れた驪山の華清宮まで行き遊興しておられます。朝早く出ても夕方にしか着かない。皇帝なので移動は常に多数の家来を伴いますが、わずらわしさを厭いもせず。
驪山の山麓は温泉が湧き、古くから皇帝の湯治場でした。秦の**始皇帝**は瘡を治療し、644年、太宗は勅令をだしここに温泉宮を作りました。更に整備し、玄宗が**華清池**《かせいち》と名を改め、新宮を増築、それを華清宮とします。すなわち、華清宮とは、エロジジィが若い愛人を伴い温泉旅行に興じる為の御殿だったのです。

そう割り切ってしまえば、逆に絶世の美女と称された楊貴妃がどのような人だったか掴めてくる気がします。

芸能にも秀でていた玄宗は今も有名な『**霓裳羽衣曲**《げいしょううういのきょく》』を作曲、華清宮で楊貴妃はその曲を舞い玄宗を喜ばせたといいます。楊貴妃は琵琶の名手でもあったらしいので演奏会をしたりもしたでしょう。

華清池には**蓮花湯**《れんげとう》、または**九竜殿**《きゅうりゅうでん》と呼ばれる**反り屋根**の**寺院**めいた玄宗専用の巨大な二層式の**温泉施設**、**海棠湯**《かいとうとう》、あるいは**芙蓉**《ふよう》と呼ばれるそれより小振りな楊貴妃専用の温泉施設があり、他にも**星辰湯**《せいしんとう》、**太子湯**《たいしとう》、**尚食湯**《しょうしょくとう》など湯浴みの施設が作られていました。ですから華清宮を含む華清池は、いわゆる**リゾートスパ**みたいなものだったのでしょう。

お風呂入ってご飯食べたり歌ったり踊ったり、宿泊もやれる皇帝の**離宮**。そんな場所での遊興の相手は単に若くて綺麗なだけじゃ務まりません。邪気なき幼女のような無垢さと菩薩のような優しさを兼ね備え、なおかつ羽衣で天を舞う天女を思わせる世俗をかけ離れた佇まいを持ってなければならなかった筈です。

実際そのイメージは、楊貴妃など見たこともない民衆や後世の人の中にもあり、人々は彼女の佇まいを蓮の花にたとえました。僕達にしてみれば**竜宮城**の**乙姫**さまを想像してみると近付けるかもしれません。

出世を目的として楊貴妃に取り入ることに成功した**安禄山**《あんろくざん》という男は、豪奢を極めた華清宮の温泉施設に、**白玉石**《はくぎょくせき》で魚や竜、雁などを彫塑《ちょうそ》して置き、やはり白玉石の蓮華を水際に、橋を浴場の上に掛けさせる意匠を加えるなどし更に雰囲気を盛り上げ、玄宗と楊貴妃から誉められました。ですので、まさに竜宮城だったと思うのですよ、玄宗にとって楊貴妃のいる華清宮は……。

安禄山という輩は人心掌握がとてもうまく、約200キロ程の巨漢の癖に裸にオムツという姿で「バブー、バブー」、赤ん坊の真似をし、楊貴妃を笑わせたりもしたらしい。どうしてそんな奇行を？　と訊ねられると「姫さまは私の母でございます故」——のたまい、己が忠孝をあなたに捧げますアピールをする。実際、自分の方が年上なのに楊貴妃に私を息子にしてくださいと頼み、許可されています。

とんだ茶番なのですが、リゾートスパでの出来事なので玄宗もこれを楽しんだ。結果、この安禄山に謀反をおこされ、玄宗は皇位を第10代**粛宗**《しゅくそう》へと譲渡、臣下に楊貴妃を縊り殺す命令をせざるを得なくなるので僕は安禄山が嫌いですが、楊貴妃が玄宗では満足やれず、こっそり安禄山と浮気していたという説もあるので、悩ましいところです。

華清池は現在、観光地です。かつて皇帝達の湯治場であったとは1982年、偶然に解ったらしい。ですから建物はほぼ復元。楊貴妃が使ったとされる海棠湯に関しては、本当にこれか？　誰もが訝《いぶか》る花びら型の小さな湯船（お湯は入ってません）が申し訳程度にあるばかり。位置や大きさに根拠はなく、テキトーらしいです。

今、僕はかつて現地で売られていた日本人向けのパンフレットをみているのですが、誤字が多いはともかく写真とキャプションが呼応しないものもあり、そのテキトーさ絶ゆるきなし。

悪口じゃないです。小事にこだわらぬ大陸的なスケールに感激しているのです。

西太后と紫禁城
Xi Tàihòu & Forbidden City

中国三大悪女のひとり

紫禁城《しきんじょう》――**宝塚歌劇**ファンなら**愛新覚羅溥儀**《あいしんかくらふぎ》とその妃、**婉容**《えんよう》の物語、星組『**紫禁城の落日**』を想い出すでしょうし、華流ドラマ好きなら清6代**乾隆帝**《けんりゅうてい》の妃、**孝儀純**《こうぎじゅん》**皇后**をモデルにした**魏瓔珞**《ぎえいらく》が活躍の『**瓔珞～紫禁城に燃ゆる逆襲の王妃～**』が頭に浮かぶでしょう。

現在は**故宮博物院**として門戸を開く紫禁城は明代の**永楽帝**《えいらくてい》が都を南京から北京に移し、1420年に落成させた**お城**です。

軍事施設より宮殿の役割に特化するお城ですが、東西2500、南北3000メートルの区画の敷地内に、皇帝達の住む10メートルの壁で囲まれた東西760、南北1000メートルの居住空間があり、部屋を数えれば9000、明の頃には女官《にょかん》9000、宦官《かんがん》10万人が暮らしたといわれますので、ほぼ**城塞都市**です。しかしお店や郵便局があったりする訳ではない（現在はコンビニがあるそう）ので一応、お城の範疇に入れましょう。

『瓔珞〜紫禁城に燃ゆる逆襲の王妃〜』では乾隆帝やお妃さま達が敷地を輿で移動するシーンが頻出します。やんごとなき人……という理由も勿論、あるでしょうが、宮から宮へ徒歩で向かおうとするとかなり疲れるので、それにお乗りあそばしたのだと察しがつきます。

僕もハマりました。衣装が可愛いし、毎回、魏瓔珞は女子同士の意地悪合戦に巻き込まれる。彼女は機知で難を逃れるが、ここぞという時は徹底的な意地悪で敵を陥れる。フィクションであれ女子の意地悪のやり合いほど、愉快なものはありません。

紫禁城では明、清にわたる490年余り、24名の皇帝と皇后達が暮らしましたが、ここでは敢えて統治者として1861年から1908年まで実権を握り、中国三大悪女と酷評される**西太后**を選びたいと思います。

悪女伝説の裏側

則天武后、**呂后**《りょこう》と並び三大悪女に選ばれる西太后——。武后は**楊貴妃**と共に傾国三大悪女にもエントリーしますし、前漢の創始者である**高祖**のお妃、呂后は夫が死ぬと息子を皇位に置く為、他の皇子を殺害、自分より寵愛を受けていた**戚夫人**《せき》の手足を切り、目玉を抉り取り、聾唖《ろうあ》にし「こいつ、ブタです」と晒し者にし大笑い、次々と自分に都合のいい者を即位させ、権力に固執し続けたそうですので悪女と呼ばれても仕方ないですが、西太后はこの2人と比べれば、それほど非道なことはしておられません。

ライバルの**東太后**を毒殺、**垂簾聴政**《すいれんちょうせい》の為、即位させた甥の**光緒帝**《こうちょてい》の妃の**珍妃**を**井戸**に投げ込み殺したなどとか語られますが、東太后暗殺については噂の域を出ません。

珍妃を……は真実ですが、これは1900年の連合国軍による紫禁城陥落を目前に、皇族の誰かが捕獲されれば清は他国に服従したことになる、逃亡を決意した際、珍妃が嫌がり、ならば皇帝の妃として自害なされよと促したがそれも嫌がり、やむなく臣下に殺せと命じたのですが誰もやらなかったので、自らの手で――という事情があったのだそうです。

珍妃の名誉を我が手を汚すことで守ったともいえます。でも悪質な風評になると、西太后は東太后の手足を切って酒樽に入れたとか、目玉をくり抜き目が見えなくなった珍妃を井戸に落としたとか、則天武后、呂后などをごちゃ混ぜにした濡れ衣を着せられてしまう始末——。

中国には凌遅刑《りょうちけい》というものがありました。

罪人は単に処刑するのではなく鼻を切り耳を切り目を潰し……可能な限り苦痛を長引かせ、なぶり殺しにする伝統が存在しました。西太后は晩年、この凌遅刑を野蛮過ぎると禁止する法を初めて出した人なのですがね。

恐らく西太后の悪女伝説は、最初は**咸豊帝**《かんぽうてい》との間に生まれた息子を**同治帝**とし、後に光緒帝を据え、垂簾聴政で政治の実権を掌握し続けたことに起因するのでしょう。

でも同治帝の時は、皇后ではあるが子供を産まなかった東太后を嫡母とし、あくまで2人での垂簾聴政、彼女のメンツを潰すようなことをしませんでした（**西六宮**にいたので西太后、**東六宮**にいたので東太后と称す）し、身分は貴妃であったので、年下の東太后を「お姉さま」と呼ぶ配慮も怠りませんでした。

同治帝が17歳になると垂簾政治を廃し、あっさりと実権を彼に渡します。

しかし不幸なことに同治帝は夜な夜な、城を抜け出し**娼婦宿**に通うようなダメな人でした。ですから天然痘ということになっていますが、**娼家**で梅毒をうつされ、19歳で死んじゃいます。従い、急遽、次の皇帝——光緒帝——をムリクリに選出する必要が生じたのです。

光緒帝も19歳になった時、皇帝として一人立ちさせて貰えています。但し彼もやはり皇帝の器でなかった。光緒帝は病弱で弱気、おまけに先天的なインポテンツでした。

西太后は70歳を越え自分の余命が長くないを確信した時から、光緒帝のご飯に砒素《ひそ》を混ぜ、葬ったとされます（このエピソードも悪女伝説を堅牢なものとする）。しかし当時、清国は列強の脅威にさらされていましたから、真実ならば「私が死んだらこいつ、連合国のいいなりになっちゃうに決まってるしな。後々、不能王なんて変なあだ名をつけられるもの可哀想だし」思い、無理心中の心境で決断をくだしたのだと思います。彼女はどうも摂政する君主に恵まれませんでした。

最初の垂簾聴政にしろ、権力が欲しく企てたものではない――。

咸豊帝が急逝した時、清朝を私欲で牛耳ろうとする狡猾な8人の大臣がおりました。西太后は彼らが私腹を肥やす目的で政治を利用するのを阻止したかった。そこで東太后と協力、**クーデター**（**戊戌《ぼじゅつ》の政変**）を思いついたのです。西太后と東太后は犬猿の仲とか、西太后は東太后をいじめ続けたと思っておられる方もおられますが、2人は同志でした。

女子だから帝にはなれぬ、幼少の皇子を立て垂簾聴政というのは、清国のお姫さま達の国を守る苦肉の策だったのです。

計画が成功した時、西太后は1人を打ち首、2人に自害を命じるものの、後は免職にとどめています。世間のイメージとは異なり、彼女は意外と物事を穏便に収めるタイプの人だったのです。

女のコのヒーロー

西太后を美化し過ぎと怒られるやもしれませんが、肩入れするにはそれなりの理由があるのです。

光緒帝による政治が始まり引退を決めた西太后は、紫禁城の北西、元は乾隆帝が**清漪園**《せいいえん》として整備した**離宮**を**頤和園**《いわえん》とし、修復と改装を施し隠居場所とすることにしました。敷地面積2,9平方万メートルの巨大な**庭園**です。庭の半分以上を占めるのは**昆明湖**《こんめんこ》という人口の湖。敷地には**万寿山**《まんじゅさん》という山もあり、この中腹には八角三層の豪華な意匠を凝らした**仏香閣**《ぶっこうかく》が建てられていました。

やがて西太后は清漪園であった頤和園をどんどん自分好みにカスタムしていく楽しみに没頭し始めます。湖の上に優美な橋を掛けてみたり、蒸気船を浮かべてみたり、ドイツから仕入れた最新型のランプで夜景をライトアップしてみたり……。

この頃は列強の脅威にさらされると同時にそれらの国々から驚くような技術や文化が入ってきましたから、**庭園**をデコレーションするアイデアは彼女の中に湯水のように沸いてきたでしょう。熱気球を庭の上にあげてみる計画までたてた（これは爆発したら大変ですと臣下に却下された）。

規模は桁外れですが、所詮は庭いじり、引退し老齢に差し掛かった彼女がそんな趣味に明け暮れる様子を想像すると微笑ましく思わずにはいられません。

唯一の失敗は費用に海軍の資金を流用した点。これを公私混同、この時、軍事費に手をつけなければ**日清戦争**の敗北はなかったと彼女を非難する人達は糾弾するのですが、戦争の行方は一つの原因で決定するものでなし、責めるのは少し的外れな気がします。

草花の水やりや**果樹園**での収穫も西太后は嬉々としてこなしたといいます。頤和園での遊び相手には、自分と同様、紫禁城で寡婦となった女性達を選び、スゴロクなどをしました。勝者はお菓子をもらえ、敗者は面白い話を披露する。やんごとなき身分同士の競争なので物品や金銭を賭けるのは禁止でした。

寡婦は化粧をしてはならぬ決まりがあったので、咸豊帝の崩御以来、西太后は化粧をしませんでした。しかしバレない程度に頬紅を入れたりちょっとだけ唇に口紅をさしていたそうです。身だしなみには制約がないので、西太后は毎日それにかなりの時間を費やしました。**ユン・チアン**は西太后が女官にこんな言葉を発したと、記録を留めます。

わたしのような老婆が身繕いにこれほど気を使って苦労している姿は、そなたたちにはさぞかし滑稽な光景に映っていることだろう。やれやれ！　でもわたしはおしゃれが好きなのだ。若い女が着飾っているのを見るのも好きだ。（『**西太后秘録**』）

この言葉だけで僕は西太后の味方でいる決意を固めます。最近は**キャットキン**などの中国コスメが頤和園モチーフのゲキカワ商品でブレイクしています。これを機に世界中の女のコが西太后を見直すかも……。

見直すべきですよ、だって西太后は纏足《てんそく》禁止令も出している。女のコのヒーローですもの。

Mumtāz Mahal & Taj Mahal

ムムターズ・マハルと タージ・マハル

美しく白きタマネギ

国会議事堂の上にタマネギが載ったような白い建物——といえば、名称はうろ覚えでも皆、**タージ・マハル**を想い浮かべるでせう。

皇帝が22年の歳月をかけ完成させた東西303、南北560メートルの敷地にある総大理石の建築の装飾には、各国から取り寄せた翡翠《ひすい》、水晶、瑪瑙《めのう》、ダイヤモンドなどの貴石が惜しげもなく使われ、作業にはイタリアより宝石工、フランスより金細工師というふう2万人を超える職人、人夫が動員されたといいます。

重い建築資材は象に運ばせせました。

広大な**前庭**《ぜんてい》があり赤い南の**楼門**《ろうもん》を抜ける。上下左右に水路をもつ池を中心に4の区画に分けられた庭（**四分庭園**）がシンメトリックに配されている。現在は緑の芝生だけれども、かつてはバラやユリ、リンゴやブドウの木が植えられ地上の楽園の様相を呈していました。

その奥にタマネギが載ったような白い建物があるのですが、池と水路に映る様子

——満月の夜にはドームの**頂華**に、月が重なり恐ろしく幽玄の姿となる——は、写真を撮ることすら憚られる神聖なもので、訪れる者にこれが**宮殿**でなく**霊廟**であることを知らしめます。

ええ、**お城**、宮殿でなくタージ・マハルは**ムガル帝国**の第5代皇帝**シャー・ジャハーン**が先立った妃、**ムムターズ・マハル**の為に建設したお墓、**廟**なのです。ですから〝涙の結晶〟と呼ばれることもある。

宮廷で選ばれし者

1629年、シャー・ジャハーンは妊娠中の妻を伴い、南インドのデカン地方に出征していた。結婚以来、ムムターズは毎年のように子供を宿し、出征先の出産も経験しているので特に懸念はありませんでした。

しかしこの同行でムムターズは産褥《さんじょく》期の症状を悪化させてしまうのです。家臣に報告を受け、シャー・ジャハーンが駆けつけた時、ムムターズの顔に血の気はなかった。

手を握るシャー・ジャハーンにムムターズは、絶え絶えの言葉をのこしました。

「私はお腹の子の泣き声を聞きました。それを聞いた母親は死ぬという言い伝えがあります。私もこの子を産み死ぬでしょう。ですからあなたにお願いがあります。私の亡き後、どうか新しい妃をお迎えにならないでください。私の墓もお作りいただきとうございます」

「ああ、どんな女も後添えにするものか。そしてお前の名をどの皇帝、皇后より末長く人々が記憶に留めおくよう世界一美しい棺に入れ霊廟へ埋葬することを約束しよう」

ムムターズは女子を産み落とし、この世を去りました。こうしてシャー・ジャハーンはタージ・マハルを建設したのです。彼は国民に2年間、喪に服す詔《みことのり》を出しました。そして誓い通り、新しい妃は迎えませんでした。

2人が出逢ったのは、シャー・ジャハーンの父、**ジャハーンギール**がムガル帝国第4代皇帝であった頃。シャー・ジャハーンは15歳の王子、ムムターズは12歳。ムムターズがペルシア出身の富豪、**アーサフ・ハーン**の娘として**アーグラ城**の城内でのバザーの売り子として店に立っていた時でした。

ムガル帝国に大きな隆盛をもたらした第3代皇帝**アグバル**が建設を開始したアーグラ

城——赤色砂岩《せきしょくさがん》を用い建設したことから赤い城と呼ばれる——では、年に一度、出入りの商人や後宮の婦女、家臣の身内らが気ままに市を出し、身分の隔てのないやり取りが許される慣習がありました。

ムムターズも店を出し、小物を商っていた。彼女は格段に美しく目をひく容姿だったので、たくさんの男性が物を買いにきました。シャー・ジャハーン王子も彼女に釘付けとなった一人でした。すでにたくさんの物が売れ、後はガラクタしか残っていない店に入り、王子は変哲のないガラス玉を手に取るとムムターズにこう訊ねました。

「これはいくらするのでしょう?」

するとムムターズは真剣な顔でこうこたえたのです。

「1万ルピーです」

頷き、王子は従者に1万ルピー分の黄金の入った袋を取りに行かせ、彼女に渡し、ガラス玉をもらい受け、店を後にしました。

——これが馴れ初め。本当ならとてもカッコよいです。脚色されているでしょうがね。とまれ、こうしてまだ皇太子の頃にシャー・ジャハーンが、その時、皇帝であった父に申し入れ、ムムターズをお妃に迎えたのは間違いないようです。結婚するのは5年後ですが、ムムターズ・マハルとはペルシア語で〝宮廷の選ばれし者〟の意、ジャハーンギールが彼女に与えた名だそうですから。

36歳の若さで死んだムムターズを偲び、白いタージ・マハルを作った後、シャー・ジャハーンはその隣に黒色の同じ廟を建て、両の間に橋を掛け、自分は死後、黒いほうに埋葬してもらう計画を立てていました。しかし実現しませんでした。だって白いタージ・マハルを作った後、息子の第6代皇帝**アウラングゼーブ**によってアーグラ城の**ムサンマン・ブルジュ**という塔に幽閉されてしまうのですから。アウラングゼーブはシャー・ジャハーンとムムターズの間に出来た息子です。

「父さん、金遣い荒いから、塔の中に入ってなさい」

「あれは母さんのために作った墓じゃないか」

「あんなバカデカいの、いります？」

「じゃ、父さんの分を作って終わりにする」

「だからダメだって！」

幽閉のまま死去したシャー・ジャハーンをアウラングゼーブは、ま、一応、妻思いだったということで……タージ・マハルの墓室、ムムターズの棺の隣に並べて葬いました。

その後の物語

こう書けばシャー・ジャハーンに同情する人が続出するでせう。なので、付け足します。確かにシャー・ジャハーンは遺言どおり、その後、妃を娶りませんでした。しかし、娶らなかっただけで、いろんな女性、後宮のみならず臣下の妻にも手を出し、とんだエロジジィと困られていたのです。歳を重ねるとアレも減退いたします。ですがエロいことがやりたくてたまらず、怪しげな精力剤を服用し膀胱炎になってしまったほどです。

東西問わず、かつて皇帝は国を治めるより子孫を残すことが第一の使命でした。従い、正妻以外とも可能な限りエロいことをし、とにかくたくさん、子供を作らねばなりませんでした。大事に育てても病気で昔は、すぐに子供が死んでしまったし、世継ぎは多いに越したことがなかったのです。

楊貴妃を愛した**玄宗**にせよ、后妃は楊貴妃を入れ30名、子供は記録に残るだけで52人います。シャー・ジャハーンも正室、側室合わせると13人、子供はやはり名が残っているだけで17人。うち14名がムムターズとの間の子供。ムムターズは皇帝の妻としてかなり貢献したといえます。

でもムムターズがどういう人だったの風評はほとんど残っていないのです。ムムターズ以前の女性の服装は地味で、ペルシア系の文化が入ってきてからは、ちょっと誇張され過ぎですが**『千夜一夜物語』**（**アラビアンナイト**）と聞いて想像するような、ベリーダンスの人みたいな妖艶な衣装を纏ったりしたんじゃないかという憶測はたてられるのですが、本を読むのが好きだったくらいしか、確かな伝聞はありません。

だってもしかするとシャー・ジャハーンは美意識が偏向していて、人々はなんであんなブスを――と首を傾げましたが、王さまのお妃なので美しいと誉めるしかありませんでした、かもしれないじゃないですか。

でも逆にその情報の乏しさから解るのは、政治や権力争いに口出しをしなかったということです。能力はさておき国を治める立場の皇帝に関しては当然、詳細な資料（それこそエロ過ぎて膀胱炎になったとか）が留められる訳ですが。

逸れますが、ムガル帝国の皇帝エピソードを紹介しておきましょう。

初代、**バーブル帝**――中央アジアからインドに渡りムガル帝国を建国するものの、暑過ぎて死ぬ。第2代、**フマーユーン帝**――階段でこけて死ぬ。第3代アクバル帝――

女官を5000人も持ったドスケベ。アーグラ城を作り始めるが暑くて途中で挫折する。第4代ジャハーンギール帝――酒ばっか飲んで死ぬ。第5代シャー・ジャハーン帝――アーグラ城を完成させタージ・マハルも作ったけど、息子に幽閉されて死ぬ。第6代アウラングゼーブ帝――父を真似、先だった妃、**ディルラース・バーヌー・ベーグム**の霊廟としタージ・マハルそっくりの**ビービー・カー・マクバラー**を建てる。ムガル帝国事実上、終焉。

中国の皇帝達――秦の**始皇帝**から唐の**太宗**など――も精力剤と信じ水銀の混じった変な薬を飲んで結構、死んでますし、有名な**クレオパトラ**と**シーザー**の関係を持ち出さずとも、結局、政権交代や国の盛衰の原因は恋愛がらみが多いのですよね。

父を幽閉したアウラングゼーブにしろ、愛妻の廟を作りつつ女狂いし続けた父に腹を立ててた。何故なら彼は超マザコンだったから――とすれば、ビービー・カー・マクバラーを建てた理由も解りやすいし、面白いです。

ちなみにムガル帝国初代皇帝のバーブルは同性愛者、かなわぬ恋に身を焦がしていたらしい。

……下世話な話ばかりして、すみません。

Princess Sen & Himeji castle

千姫と姫路城

日本のお城

お姫さまと**お城**を紹介するなら日本のそれを抜かすもおかしな話です。美人で名高いなら**お市の方**、**細川ガラシャ**、**千姫**——あたりですかね？　でもお市の方の**小谷城**も、細川ガラシャの**宮津城**も**城跡**しかないので千姫と**姫路城**の話にしますね。

あ、でもお城はないけど細川ガラシャがキリシタンだったこともあり、宮津には早い時期に**教会**が建てられ、ゆかりはないのですが明治時代創建の**ロマネスク様式**だけど**木造平屋建**、**ステンドグラス**だけど中は畳敷きという**和洋折衷**のステキな建物——**カトリック宮津教会**があります。一見の価値ありです。

後、宮津には**ミップル**（正式には**シーサイドマートミップル**）もあります。**株式会社さとう**が経営する**ショッピングセンター**ですが、1階がスーパー、2階が専門街で3階に**宮津市立図書館**、4階に**市役所**の一部が入っています。官民折中とでも申しましょうか。5階はゲーセン。

宮津はネットカフェすらないので宮津の人は皆、ミップルに行きます。

さて、千姫と姫路城ですが――徳川秀忠《とくがわひでただ》の長女であり豊臣秀頼《とよとみひでより》と政略結婚させられるものの、**大坂夏の陣**で**大坂城**落城、**本多忠刻**《ほんだただとき》に嫁ぎ、姫路城に住む。姫路城は**白鷺城**《しらさぎじょう》とも呼ばれる白亜のお城、**豊臣秀吉**が近世城郭の築城にあたり**池田輝政**《いけだてるまさ》が城主になり完成。後、**本田忠政**《ほんだただまさ》（本多忠刻のお父さん）が千姫が暮らした**西の丸**などを増営……と説明したところで、多くのマニアがおられます、僕みたいな門外漢が語る余地はありません。

ですので概要は省き、現在、京都に住まう身の上、２００９年に**大天守**の屋根瓦の葺き替えなど大修理がなされてまもないですので、足を運んでの体当たりレポートにします。小学生ぶりですね、姫路城なんて。

白鷺の異名を持つ城

ＪＲ姫路駅を降り右手を見ると、大通りの向こうにお城があります。駅からバス５分とありますが全然、歩けます。

思ったより白くない……と、舌打ちしつつお城に向かいます。だけど堀が確認やれるくらいまで近付くと、確かに白いお城である印象が強まります。僕らは写真で真っ白な姫路城に触れるじゃないですか。レタッチで色、ごまかしたかと疑いましたが、条件によって本当に真っ白に見えるみたい。ということは**タージ・マハル**も、いつどこから見てもあんなに真っ白じゃないんですよ、多分。

入城券を買って、千姫が好んで滞在した**化粧櫓**《けしょうやぐら》と侍女達が住む**百間廊下**《ひゃっけんろうか》のある西の丸に。昔の建物なので当然かもしれませんが、天井が低い。廊下を歩きながら妙な違和感を覚えるのは、**世界遺産**とはいえ、人の家に勝手に上がり込んでいるからでしょう。物件を買うつもりなら後ろめたくもないが、泥棒にでもなった気分です。

突き当たりの化粧櫓に赤い着物の千姫の等身大人形が座っています。恐いです。**千姫**《せんひめ》**色彩乾漆座像**《しきさいかんしつざぞう》——２０１６年に千姫と忠刻の成婚４００年を記念し寄贈されたものらしい。価値ある人形のようですので、恐いと思う僕の心が邪なのかなぁ、大体、普通、お城を見学に来て泥棒の気分にはならないものかも。

次にメインの**大天守**——。

外見は五重ですが、地下1階、地上6階にしてあるそうな。

階段がとても急で手すりなしには転げ落ちそうです。やっぱりお城って**軍事施設**なのだなぁと上りながら思います。西の丸とは異なりどの階も天井が高い。壁には槍や鉄砲を置く武具掛けが据え付けられていたり、武具庫の大スペースがあったりする。とまれ、頂上、6階部分の**天守閣**を目指します。もはやこれは登山です。息切れ、ハンパない。

どうにか絶景が見下ろせる天守閣につき、愕然としました。

また1階に下りなきゃなんない！　世界遺産にエレベーターはない！

千姫は姫路城で10年間暮らしたが、天守閣に上がったことがないだろうと僕は推測します。だって、西の丸の天井の高さからも解るよう、戦国時代のお姫さまが身長160センチを超えていた訳がない。超えたら佳人ながらもデカかったと伝えられている筈です。男でも大変なのに背の低いお姫さまが最後まで上り切れやしない。階段は狭いので、家来がおぶってというのも困難。それに繰り返しになりますが城は軍事施設です。常にラクビー部の部室さながら汗臭かったことでしょう。

千姫は来ませんよ、そんな大天守になぞ。

ということで、天守閣からの景色を見渡し、かつて千姫もこのように……と悦にいるのは、とんだぬか喜びと断言します。

大坂夏の陣で**徳川家康**が「誰か千姫を助けよ。助けたなら嫁にくれてやる！」といい、**坂崎直盛**《さかざきなおもり》が顔に火傷をおいつつも救出、しかし千姫は坂崎直盛の顔を観て「こんな人に嫁ぐのはイヤだ」と拒否したとの有名エピソードの真偽はともかく、本多忠刻のことは大好きだったみたいですね。ハンサムだから。

その程度の女です、千姫なんて——。

ですから天守閣には上がってませんね。西の丸でぐうたら、侍女達と終日、ヴィジュアル系バンドの話に明け暮れていたに違いありません。

お城とあやかしのお姫さま

姫路城のヒロインでもう一人、著名な人がいます。**お菊**さん——。

永正の初期、城主の**小寺則職**《こでらのりもと》の執権、**青山鉄山**《あおやまてつざん》は**町坪弾四郎**《ちょうのつぼだんしろう》とお家乗っ取りを企んでいた。知った臣下、**衣笠元信**《きぬがさもとのぶ》は密偵として鉄山のもとに女中としてお菊を送り込む。

お菊は証拠をつかむが鉄山達に城は奪われる。それでも依然、お菊は悪事を暴くに腐心。そんなお菊に気付いた弾四郎は、彼女の美貌に邪心を抱き、身をまかせるなら大目にみようと持ち掛けるのだがお菊はなびかない。弾四郎は腹を立て10枚セットの家宝の皿をお菊に預け、1枚隠し、持ってこい、おや、9枚しかない、お前、盗んだなと濡れ衣を着せ、覚えがないというお菊を斬り殺し、死体を**井戸**に捨てました。それから井戸からは夜な夜な「一枚、二枚……」、皿の数を数えるお菊の幽霊が出るようになった。

青山鉄山が人妻のお菊に岡惚れ、皿を隠して斬り殺し——などエピソードには様々なバリエーションが存在しますが、その井戸、**お菊井**は姫路城の敷地内の上山里と呼ばれる場所にあります。

またこの他、姫路城には**木下家定**《きのしたいえさだ》が城主の頃、十二単衣を纏った妖艶な姫の姿のもののけが出没し、これを**宮本武蔵**が退散させた、もののけは姫路城の守り神、**刑部明神**《おさかべみょうじん》であると名乗った——との伝えものこります。

僕は姫路城、刑部明神のあやかしというと別名、**長壁姫**《おさかべひめ》——**富姫**と、その妹、**猪苗代城**にいたとされる妖怪、**亀姫**が登場する**泉鏡花**の戯曲『**天守物語**』を思い出します。

鏡花は上演してくれるなら金はいらぬ、否、出すとまでいったのですが、彼の生前、この作品が舞台に掛かることはありませんでした。でも至極です。富姫を訪ねてきた亀姫がお土産と、男の生首を取り出し血をすするシーンなんて、**オスカー・ワイルド**の『**サロメ**』ですしね、綴《つづ》りにうっとりとします。

「階子《はしご》の上より、まず水色の衣《きぬ》の褄《つま》、裳《もすそ》を引く。すぐに蓑《みの》を被ぎたる姿見ゆ。長《たけ》なす黒髪、片手に竹笠《たけがさ》、半ば面《おもて》を蔽《おお》いたる、美しく気高き貴女《きじょ》、天守夫人、富姫。（『**天守物語**』）」

軍事施設ですもの、どんなお城でも怨霊、幽霊は出没して致し方ないと思うのですが、姫路城は多少、他のお城よりかその奇譚が多い気がする。天守の見学を終えて戻るルートを辿れば、**備前門**の傍、**石垣**に使用された石についての説明に目がとまります。

この門の入り口付近など城の要所の石垣には、見た目が優れるので大振りで整った長方形の石がたくさん使われている。それらは、周囲の**古墳**や**石棺**から転用したものらしい。墓石を盗んで石垣に用いたのか……。だからいっぱい魑魅魍魎《ちみもうりょう》が出ちゃうんだよ！

千姫は大坂城に嫁ぐ前、**伏見城**にいたじゃないですか。今もう伏見城はなく、模擬の大天守と**小天守**の**伏見桃山城**は残りますが、１９６４年築城、鉄筋製のニセモノなので遺産価値はほぼありません。

伏見桃山城キャッスルランドという遊園地のシンボルとして作られたのですが2003年に遊園地が閉まり、**近鉄グループ**から京都市に譲渡されました。京都市はお城だし断れずもらったものの耐震に問題もあるし公開も出来ず、**伏見桃山城運動公園**の一部としてとりあえず置いている。

ショボい遊園地だったのですが、僕の子供の頃はプールが冬場はスケートリンクになり、このキャッスルランドに男女でスケートに行くのが淡き初デートの基本でした。そんなのですから姫路城のついで、伏見桃山城の現在の様子も確かめることにします。

外観をのみ見学可なので訪れる者はほぼないです。敷地内は草、ボーボー。でも僕のような素人はニセモノといわれなければ解らない。そうだ、これを京都市は株式会社さとうに売却し、ミップルにすればいいではないか！

5重6階建てだし2フロアは市の施設として使わせてもらえばいい。千姫人形もこっちに持ってくればいい。お化け屋敷も作り、富姫と亀姫が出るようにしよう。なんなら泉鏡花の幽霊がいるという噂も流しましょう。とてもいいアイデアだと思います。

Ryoko Mutsu & Rokumeikan

陸奥亮子と鹿鳴館

賓客をもてなす館

1883年——明治16年に日比谷、今の**帝国ホテル**の隣あたり——に開館した**鹿鳴館**《ろくめいかん》は、**お城**でなく日本が西洋と肩を並べる為（直近の目的は不平等条約の改正）海外の賓客をもてなそうと建設された**迎賓館**《げいひんかん》ですが、王さまやお姫さまの住む**宮殿**は外交の場としても利用されるのであながち仲間はずれではなかろうと、ねじ込むことにします。

鹿鳴——は賓客をもてなす意。中国の『**詩経**』に由来する。**井上馨**《いのうえかおる》（当時の外務卿）が音頭をとり、イギリスからのお雇い外国人、**ジョサイヤ・コンドル**に設計を依頼、3年の歳月と巨額の費用をかけ総敷地約1450平方メートルの敷地にレンガ造りで2階建ての**洋館**を建てました。

コンドルの初期の作風は**ヴィクトリアン・ゴシック**をメインとし、**古典主義建築**がそれに続きました。鹿鳴館に関してもフランスの古典主義建築を基調にイスラム風のデザインなどを交え、風土に合った**ネオルネサンス建築**のものを作製するつもりだったのですが、井上馨よりダメ出しをくらいます。

「ダメだよー、**ルネサンス**なんて古いよー。パリの**オペラ座**みたいなのがいいの。俺、パリ行ったことがあるから知ってるんだよねー、今の最先端は**ネオバロック**だって」

コンドルは怒り心頭に達するのですが雇われの身ですので抗えない。図面を引き直し、意にそぐわぬものを作らされることになります。

結果、海外の招待客から「温泉町の娯楽場《カジノ》」とバカにされることになるのですが、完成後、井上馨は大満足だったそうです。

コンドルが正門にと意地で押し通した**薩摩《さつま》藩《はん》装束《しょうぞく》屋敷《やしき》**の**黒門**を潜ると芝生の庭と池があり、建物はガス灯で彩られている。両階共にテラスが設けられ、1階のエントランスホール奥の3つ折式の大階段を上ると舞踏室のある2階に出る。1階には撞球室や大食堂、談話室などが設けられていた。舞踏室は3室をぶち抜くと100坪の大会場になりました。

「温泉町の娯楽場」とまで嘲らなくてもいいですが、どうにかマシにしようと所々に持ち込んだコンドルの東洋ふうアイデアが、ことごとくインチキ臭い印象として裏目に出てしまった模様です。

コンドルは**ニコライ堂**とか**旧岩崎邸洋館**とかちゃんといいもの作ってます。

鹿鳴館の華

鹿鳴館では迎賓のダンスパーティ、慈善バザーなどが行われたのですが、主役は大臣や華族の夫人や子女達でした。

洋服を着たりフォークとナイフで食べたり、西洋を取り入れようとする中、欧米化の旗振り役達は男女同権も見習わねばなりませんでした。そこでパーティなどに、妻を連れて出席することになった。しかしダンスを習得している女子などいる筈もありません。鹿鳴館での舞踏会に向け、参加する婦女子はかなりの特訓を強いられたようです。が、いくら頑張ろうが付け焼き刃はバレます。

ですので「ただ自動人形のように踊るだけだ」――と辛辣な批評を受けました。

それでも会津藩家老の娘として生まれ明治4年に日本で初めて**岩倉具視**《いわくらともみ》をリーダーとする**岩倉使節団**に女子として参加、アメリカに渡り、帰国後、陸軍卿の**大山巌**《おおやまいわお》夫人となった**大山捨松**《おおやますてまつ》はその経験を生かし、数少ない西洋の習慣と嗜みをもつ女性としてダンスも社交も巧みにこなし絶賛されました。

また岩倉具視の三女である**戸田極子**《とだきわこ》も使節団としてではないですが、**戸田氏共**《とだうじたか》と結婚し、同時期にアメリカ留学をした経歴を持つ人で、堂々の振る舞いをみせました。

大山捨松と共に使節団だった**津田梅子**《つだうめこ》（2024年より5千円札の肖像、おめでとうございます！）、**瓜生繁子**《うりゅうしげこ》も西洋を知る婦人として活躍するのですが、俗に〝**鹿鳴館の華**〟と呼ばれた女性達の中、最も認知度があるのは、**陸奥宗光**《むつむねみつ》の妻、**陸奥亮子**《むつりょうこ》かもしれません。名前を知らずとも夜会巻きっぽく髪をまとめ、立ち襟のドレスを着る凛々しい横顔の美人のモノクロ写真は、幕末、文明開化の女性の特集があれば必ず見かけるくらいに有名。

目鼻立ちがくっきりし今の芸能界にいても格段に目立ちます。

亮子は捨松らとは異なり外遊の経験はありません。しかし宗光の妻となるまでは新橋の芸者だったこともあり、ダンスにせよ振る舞いにせよ手際よく自分のものにしたようです。無論、社交にも長け、外交官、外務大臣を担当した夫、宗光が鹿鳴館時代の終わり、駐米公使としてアメリカに赴いた際は同行、華やかさと話術で人々を魅了、〝ワシントン社交界の華〟の異名もとりました。

男嫌いと囁かれますが、真偽は不明。しかし分け隔てなく交際の腕を振るおうと、おいそれ男性を寄せつけない気品、態度がそのような噂になったであろうとの推察はやれます。

〃鹿鳴館の華〃としては**井上武子**《いのうえたけこ》も著名ですね。井上馨の妻。**三島由紀夫**の戯曲『**鹿鳴館**』のヒロイン、**朝子**のモデルとされます。

この人もやはり元、芸者さんです。また初代内閣総理大臣となった**伊藤博文**《いとうひろぶみ》の妻、**伊**《い》**藤梅子**《とううめこ》も結婚する前は芸者さん。

井上武子は夫と共に洋行しており、最初は異国文化に怯えるものの、そのうち夫より、西洋かぶれになった。日本人で最初にパリのシャンゼリゼ通りのお店でダイヤの指輪を買ったのは武子。

お洋服やアクセサリーへの関心は異文化への当惑なんて駆逐しちゃうのです。

と、**薩長同盟**で維新をした武士出身の人の奥さんが頻出してしまいましたが〃鹿鳴館の華〃で重要な人を忘れてはなりません。

鍋島榮子《なべしまながこ》。――彼女は戸田極子と同じく朝廷サイドの出自《しゅつじ》で、佐賀藩の**鍋島直大**《なべしまなおひろ》に嫁いだので権大納言、**広橋胤保**《ひろはしたねやす》の娘でしたが、妻となり、苗字が鍋島さんになってしまいました。

乙女のファッションを生んだ舞踏会

鍋島榮子は、鹿鳴館に招かれたフランス海軍士官、**ピエール・ロティ**がこう記します。

今年の冬の流行に従って、道化役者《クラウン》風の髷に高々とゆい上げた鳥羽玉の髪。小さな愛らしい仔猫のような、美しいびろうどの眼。象牙色の繻子をまとった**ルイ十五世式**の装い。日本とフランス十八世紀とのこの合金は、**トリアノン宮**におけるようなjupe a《ジュップ ア》 paniers《パニエ》〔籠骨《わがね》で張りひろげた十八世紀のスカート〕や細長くしまった胴着《コルサージュ》をつけたこの極東の優しい佳人に、思いがけない効果を与えている。（『**江戸の舞踏会**』）

登場人物を思いやり実名は出さないとしながら、ロティは鍋島榮子を、**アリマセン侯爵夫人**――というアダ名で表記します。否、このアダ名こそが失礼だろう！　他の女性らもロティは、アリマスカ嬢だとかクーンニチワ嬢だとか非道い渾名で呼びやがる。いくら外国人だとはいえ世が世なれば打ち首ですぞ。

でも前述の温泉町の娯楽場呼ばわりも、自動人形のように……のくだりもやはりロティの筆によるもので、この人はこういう悪口しか書けないようです。

文明開化の象徴ですし残っていそうなものですが、鹿鳴館に関する資料は思いの外少ない。

贅沢な建物ですし、国家の戦略だとはいえ舞踏会を開くなど遊んでいるだけにしか思えず、さらにいえば結果、そこでモラルに反したことも行われた様子ですので、日本のマスコミや庶民が当時、鹿鳴館に悪態をついたは仕方ないと思います。でもまるで西洋のサル真似だと諸外国から嘲笑された——というような批判の記録は特に残っていない。

確実に現存するのはこのロティの記述くらいです。

どうも鹿鳴館なき後、評伝じみたものを書こうとすると海外目線のものがこれしかないので、外国人達は皆、バカにしたということになってしまったのではなかろうか？三島由紀夫にしろ鹿鳴館を自分はまるで知らないと告白、かつて書かれた**芥川龍之介**の**『舞踏会』**にインスパイアされた創作だと述べています。その芥川も鹿鳴館のことはあまり知らない。ロティの作品と彼そのものに関心があって書いたことを隠しません。鹿鳴館は役目を終えると**宮内庁**に払い下げられ、最終的に1941年、取り壊されてしまうのですが、その理由は、文明開化と息巻いたが、あれ、恥ずかしかったよな、なかったことにしよう……との心理が国家に働いたのではないかと僕は思います。

欧米から爆笑されたし、実質、頑張ったのは奥さんや娘ら女子だった。その奥さんがたにしろ芸者上がりのものばかり。

でもだからこそ確かに明治の頃、鹿鳴館はあったと、僕としては歴史をむし返しておきたいのです。

ロココを経てあれはやり過ぎと、シンプルになったスカートの裾は19世紀、また**クリノリン**で復活し広がり、そのまま**バッスル**へと移行します。

このスタイルを模倣し、腰を細くする為極限まで**コルセット**を締め、鹿鳴館では息が出来ず卒倒する女子もいたそうですがそれは本場、フランスも同様でした。

僕らが頭に描く西洋のお姫さまって18世紀ロココからこの19世紀バッスルまでのスタイルが基本じゃないですか。ロティが『江戸の舞踏会』で記述したトリアノン宮――とは、つまり**ヴェルサイユ宮殿**のことですしね。

もし鹿鳴館に集う陸奥亮子や鍋島榮子達が当時のモードを着ず、あくまで着物で押し通していたとしたら、今の僕らのお姫さまのイメージは気高いが可愛くはなく、全くヒラヒラしていなかったかもしれないのです。

維新を迎え、日本はたくさんのヒラヒラした元芸者の女子達の活躍で発展を遂げました——。

この歴史観を採用して何が悪い、どこに恥があるというのでしょう?

第2章

歴史を動かした鉄板お姫さま

Lucrezia Borgia & Palazzi Vaticani

ルクレツィア・ボルジアと
バチカン宮殿

大聖堂の天井を仰げば

バチカン市国の**サン・ピエトロ大聖堂**では拝観中、気を失う人がいるそうです。神秘体験と受け止められがちですが、一時的な血栓で長く上を向いていると起こる現象らしい。

殆どの観光客は**バチカン美術館**に入り、サン・ピエトロ大聖堂へと向かいます。美術館には天井にも絵が描かれています。**システィーナ礼拝堂**の**ミケランジェロ**の『**最後の審判**』を見て、**大聖堂**に移動。**高窓**《たかまど》と**列柱**《れっちゅう》が特徴の**バシリカ建築**の**教会**にも**ラファエロ**作『**キリストの変容**』などが配されます。

それらに目をやり16に分割された窓と**ガヴァリエール・ダルピーノ**が手掛けた絵で装飾された**クーポラ**を見上げた時に、血栓が起こるらしい。なにせ床からドーム先端まで約136メートル。ずっと首を反らす頻度が高かったのに、ここにきてこの距離を仰ぎみる。目に入る情報が多過ぎるからどうしても長時間その姿勢になる。

タージ・マハルは天井を見上げる時、首が痛くなるのは良くないと**吹き抜け**にせず、タマネギの底をふさいであります。

カトリックより**イスラム教**の方が建築物は親切ですね。

バチカン市国はイタリア国土の中にあるとはいえ国なので、入国時、入国審査を受けます。美術館と大聖堂を見物し**サン・ピエトロ広場**に出て、ぼんやり歩いてると知らぬ間に国外に出ています。出国は特に手続き不要。

僕も一度、行ったことがありますが、具体的なことをほぼ覚えていません。

ただ、スゴかったとしかいえない。間隙なく詰め込まれた美術と装飾に、脳がショートしたらしい。

見るべきものは特になかったけどソバが美味しかった——観光は見所が少ないほうが心に刻まれるのかもしれません。

麗しの兄妹

4世紀に**コンスタンティヌス1世**により創建されたものを起源とし、1506年（つまりルネサンス期）、**ブラマンテ**やラファエロによって改築され、ミケランジェロ、**バロック建築**の先駆、**カルロ・マデルノ**らの設計により1626年に完成したサン・ピエトロ大聖堂に隣接する**バチカン宮殿**（システィーナ礼拝堂はこの宮殿の一部分）は14世紀、**グレゴリウス1世**が**教皇庁**を置いて以来、**ローマ教皇**の住居として使われていますが、これもやはり大聖堂同様、多くの建築家、芸術家により増改築が加えられて現在に至ります。

部屋は約1000室。バチカン美術館は世界最大級といわれますが、**ルーブル美術館**などと比較するべきでなく、双璧をなすなら**故宮博物院**が妥当かなと思います。

故宮博物院は**紫禁城**を所蔵品と共にミュージアムとして再利用した施設。バチカン美術館も歴代の教皇が収集した美術品を建築も含め庶民にもちょっと見せてあげようと公開される場所です。ルーブル美術館を**ブックオフ**とするなら、バチカン美術館や故宮博物院は、読書家が自宅に貯まった本を、売れれば儲けモノと出品している**メルカリ**みたいなものでしょう。

さて、バチカン宮殿の居住者は聖職者だけではありません。悪名高き**ボルジア家**の**チェーザレ・ボルジア**とその妹、**ルクレツィア・ボルジア**もここで暮らしておりました。

父親は、悪の元凶、**ロドリーコ・ボルジア**。エロい、残忍、欲張り……あらゆる悪徳を持ち1492年、**アレクサンデル6世**として**教皇**になった人なので、子供達もこの**宮殿**に住めたのです。ボルジア親子の特徴は、奸計《かんけい》をめぐらせ、邪魔者をガンガン殺害し、あらゆることを自分達の意のままにする所にありました。チェーザレはロドリーコとその愛人である**ヴァノッツァ・カタネイ**の間に生まれた息子（次男であり長兄は**ファン・ボルジア**）で、幼年期より多彩、大きくなると軍人、法律家とし手腕をふるい、ロドリーコの片腕になりました。

チェーザレは稀にみる美貌の持ち主だったと伝えられます。そして5歳違いの妹、ルクレツィアも兄同様、容姿に恵まれました。

澁澤龍彦は『**世界悪女物語**』で「尻のあたりまでたれる豊かな重々しい金髪と、賢《さか》しげな輝きを放つ青い眼と、官能的な遊惰な唇とを持つ、典型的なラテン人種の女の古典的な美質をことごとく一身に備えていた」と絶賛の筆を走らせます。

バチカン宮殿の2階には計14室に及ぶ〝**ボルジアの間**〟が今も残っています。

ポイズンリングの伝説

ボルジア家、特にチェーザレとルクレツィアの兄妹は多くの芸術家を触発しました。**ユゴー**が原案戯曲の**オペラ『ルクレツィア・ボルジア』**はオペラ作曲家、**ガエターノ・ドニゼッティ**の代表作として今も人気を博しますし、**クリスチャン＝ジャック**監督の映画**『ボルジア家の毒薬』**も有名です。

8歳の時、ルクレツィアはチェーザレと従姉妹にあたる**アドリアーナ・デ・ミラ**に引き取られ、モンテジョルダーノの**城館**に移り住みます。父は彼らの母親、ヴァノッツァに再婚の機会を与え関係を解消しようとしたので、子供が邪魔になってしまった。長男のファンはスペイン宮廷につかわされたので、ルクレツィアとチェーザレだけが、突然、知らない叔母さんの家に預けられる形になった。

後に近親相姦の関係にあったと囁かれる原因は、この時、兄妹を襲った試練が2人に兄妹以上の絆を持たせたとの推測がなされるからでしょう。事実、チェーザレのルクレツィアに対する執着は度を越していたようです。

ルクレツィアは父の策略により3度、結婚します。最初は14歳、相手はミラノの**スフォルツァ家**の御曹司、**ジョヴァンニ・スフォルツァ**。結婚式はバチカン宮殿で盛大に催され、朝まで乱痴気騒ぎ、エロチックな余興まであったと記録されます。いくら住居とはいえ、バチカン宮殿でこれは非道い。教会の堕落は皆が知るところでしたが、さすがにやり過ぎ、世間の非難を浴びます。ロドリーコは反省しませんでしたけれどね。

しかしわずか数年で結婚は破綻します。もうスフォルツァ家に利用価値がないとふんだロドリーコはチェーザレに彼を暗殺しろと命じ、それを知ったルクレツィアはそっと夫を逃しました。しかしジョヴァンニは離婚がイヤで、かなり抵抗したそうです。

2度めの夫は年下でハンサムな**ナポリ王**の庶子、**アルフォンソ・ダラゴーナ**。この相手をルクレツィアは気に入りましたが、兄のチェーザレは気に入らなかった。よってアルフォンソはチェーザレに殺されます。確たる証拠はないですが世間では暗黙、兄が愛する妹を奪われ、激怒し殺した——と了解されています。

3度めは**アルフォンソ1世・デステ**。この人はフェラーラの君主、バチカン宮殿で結婚式を挙げた後、ルクレツィアを**エステ城**に連れ帰ったのでロドリーコにもチェーザレにも殺されずにすみました。ルクレツィアは彼との間に5人の子供をもうけるものの6

人めを死産、産褥により39年で生涯を終えます。

彼女の2人めの夫をその手で殺めたか否かはおき、兄のチェーザレは軍人ですし、敵を殺すのに罪悪感はなかったでしょう。兄のファンが変死した際、暗殺したのは彼だという噂が広まりますが、恐らく真実。身内であれ躊躇なく殺すのがボルジア家です。

ですが履歴を改めて追っていくと、ルクレツィアが容疑者として浮上する殺人事件は特にないのですよね。それでも毒殺魔のお姫さまとして名がのこるのは、**カンタレラ**という毒薬をボルチア家が所有していたからです。即効で殺すも、一年の後、効果をあらわす調合も可能な毒薬は澁澤によれば、「逆さにぶらさげて撲殺した豚の内臓に、亜砒素を加えたものであったらしい」（『**毒薬の手帖**』）。

ボルジア家に毒薬の処方箋があり、ロドリーゴ達が頻繁にそれを用いたのは間違いないとして、まことしやかに語られるのはルクレツィアがその指に**ポイズンリング**を嵌めていたということ。しかしこれも噂の領域を出ない。偶にオークションに彼女のポイズンリングと称するものが現れますが、全て擬物とみて問題ないでしょう。

ルクレツィアにそんな指輪を嵌めさせて、毒殺魔の肩書きを与えたのは、ボルジア家に毒殺される由縁などまるでなき噂好きの庶民達であったのだと思います。

バチカン宮殿で豪奢な暮らしをする親子、富も権力も思いのまま、兄も妹も完膚なき美貌の持ち主！　羨望が嫉妬に化け、絶対、悪いことばっかしてるよな……小さな火種に誇張に誇張を重ねさせ、**バロック様式**さながら伝聞を拡張させていったに違いありません。

最初の夫、ジョヴァンニが殺されかけても離婚を拒んだは事実。ルクレツィアが魅力的であったことは証明可能です。チェーザレが兄のファンを殺したのは、ルクレツィアを取り合ったからともいわれます。ロドリーコすら娘と関係を望んだと解釈する人もいる。すれば四角関係の、泥沼の近親相姦ですが、僕はチェーザレとルクレツィアが幼い頃、従姉妹に預けられたエピソードから、彼らを**萩尾望都**の『**ポーの一族**』――**エドガー**と**メリーベル**としてつい、見立ててしまうのですよ。

吸血鬼となり永久の時を生きる2人の兄妹。**少女趣味**なのは承知しておりますが、彼らにどういう妄想を抱こうと庶民の勝手です。怒られるいわれはないでせう。

Catherine of Aragon & Leeds Castle

キャサリン・オブ・アラゴンとリーズ城

そこは貴婦人の城

湖の小島に建てられた石造りの城——通称〝**貴婦人の城**〟は非常に珍しい**お城**です。お城は**軍事施設**として作られますから、領民や敵国に威厳を示す細工が取り入れられることはあっても、可愛くしたい——との要望を出す城主はいない。塔の屋根が青く塗られていようが実利的な目的があり、なんか可愛い——との軟弱な理由でそうされるお城はあらぬのです。

従い、僕らがイメージするファンタジックな外見のお城は案外に少ない。

しかし**リーズ城**は例外で、敷地には女官達の**宿舎**であった〝**乙女の塔**〟なる建物まである。観光名所となった現在は、イチイの木を柵にした**巨大迷路**や**野鳥園**などが**庭園**に作られている。

門楼《もんろう》を潜ると芝生の上、円形にかたどられた通路を持つ**中庭**があり、その奥にかつて**図書室**であった〝**黄色の客間**〟や〝**紋章の間**〟として現在は展示施設となった**大広間**を備えた館がある。渡り廊下でつながれた先を進めば、**グロリエット**と呼ばれる**本丸**に到着する。
グロリエットには幽閉のための**地下室**（**地下牢というべきか？**）があって、豪華な**刺繍**が施された赤い布の**天蓋ベッド**が据えられた**王妃の間**、暖炉を備える王妃専用の**浴室**などが配されています。

ベッドがあるから**寝室**だと思うと認識不足で、かつて王妃のそれは**ダイニング**、**客間**、謁見のための部屋としての役割を持ちました。ですから天蓋ベッドは最高の素材と意匠のものでなければなりませんでした。王妃はベッドの中から来客があると天蓋カーテンを開けます。東洋の**御簾**《みす》のようなものですね。

グロリエットには13世紀からの**ケント様式**の窓を採用した**礼拝堂**もあります。王さまの部屋（**ヘンリー8世の大広間**）もありますが、グロリエットは主に王妃に配慮された建物です。否、〝貴婦人の城〟の名の通りリーズ城そのものが王妃のためのお城なのです。

エドワード1世が最初の妻、**エリナー・オブ・カスティル**の死後、再婚相手の**マーガレット・オブ・フランス**に所有権を譲ってから、このお城には寡婦《かふ》を主人とする慣習が生じました。未亡人の住居という意味ではなく**寡婦産**として与えられるのです。簡単にいえば王妃になるともらえるということですね。

6名の王妃が暮らした城

〝貴婦人の城〟の異称は6名のイギリス王妃が暮らしたことに由来します。

変遷があるものの1278年からは、エリナー・オブ・カスティル（**カスティーリャ王、フェルナンド3世の娘**）が所有しました。エドワード1世と結婚した彼女に、前の主、**ウィリアム・ド・レイバーン**が「偉大なる王の高貴なお妃のために！」と献上したのです。政略結婚でしたが、エドワード1世は共に過ごすうち、エリナーをすっかり好きになってしまい、狩りや保養の為に2人でよくこのお城を訪れました。

エドワード1世にとって彼女は**十字軍**での戦いで、命を救ってくれた恩人でもありました。ですから「私の竪琴はもう悲しみの歌しか歌わない」――エリナーが49歳で亡くなると悲嘆にくれ、葬列の道、棺がおろされた全ての場所に十字架を立てました。そして礼拝堂がリーズ城の中に作られました。

エドワード1世は**フランス王**の**フィリップ3世**の娘、マーガレット・オブ・フランスと再婚しますが、この時、自身に所有権の移ったリーズ城を彼女に贈与します。

以来、リーズ城は寡婦が所有するお城の歴史を刻み出す。妻の持ち物でしたから、エドワード1世はそうすることで、前妻への感謝をあらわしたかったのかもしれません。

次に城主となったのは、**エドワード2世**の妃、**イザベラ・オブ・フランス**（マーガレットの姪）でした。美人として名を轟かせた人ですが、結婚当初から夫婦仲はギクシャクしており、1326年に愛人と共謀し**クーデター**を企て、15歳の息子、**エドワード3世**を即位させ、全権掌握を狙います。生かしておくと面倒なことになりそうなので、エドワード2世は暗殺しちゃいます。

非道い嫁ですが、でもエドワード2世は彼女に断らずリーズ城を売ったりしたので、イザベラとしても腹に据えかねたのでしょう。

エドワード2世の死後、議会に訴え、イザベラは1327年、リーズ城を自分のものと認めさせました。しかし3年後、大人になった息子のエドワード3世により権力の座から引きずり下ろされます。そして**ライジング城**に幽閉されますが、解放後は優雅な暮らしをし、魔術、妖術に興じながら晩年を過ごしました。

その次の城主は**リチャード2世**の妃、**アン・オブ・ボヘミア**。父は**神聖ローマ皇帝**、**カール4世**で、彼女は慈悲深く、夫との関係も良好でした。27歳で早逝しますが、リチャード2世は死後も度々、リーズ城を訪れ、そこで政務をこなしたといいます。

その後の城主、**ヘンリー4世**の妃、**ジョーン・オブ・ナヴァール**も魔術にハマりました。が、それがたたり、先立ったヘンリー4世を魔術で殺したと濡れ衣を着せられ、**ペヴェンシー城**に幽閉されます。濡れ衣を着せたのはヘンリー4世の息子の**ヘンリー5世**。

彼の母親は前妻、**メアリー・ド・ブーン**でジョーンは義理の母。ジョーンの財産に目が眩んでの犯行でした。

このヘンリー5世の妃、**キャサリン・オブ・ヴァロワ**が1422年、エリナー・オブ・カスティルから数えて6人め〝貴婦人の城〟の主人です。父の**シャルル6世**は精神に錯乱をきたし、母の**イザボー・ド・バヴィエール**は色情狂。壮絶な両親のもとに生まれた彼女は、リチャード2世の再婚相手、**イザベラ・オブ・ヴァロワ**の妹でもあります。

キャサリンがヘンリー5世に嫁いだのは19歳。キャサリンはとても愛されましたが2年後、ヘンリー5世は赤痢で死にます。

寡婦となったキャサリンは忘れ形見の**ヘンリー6世**を育てつつ政治には口出しせぬスタンスでしたが、衣装係として仕えていた**オウエン・テューダー**と恋愛関係にあることが発覚、糾弾を受けます。
結果、オウエンは投獄、キャサリンは**バーモンジー修道院**に閉じ込められました。

カタリナの物語

リーズ城には16世紀、**ヘンリー8世**の治世、その妃、**キャサリン・オブ・アラゴン**――通称、**カタリナ**も居住しました。**アラゴン王**と**カスティーリャ王国**女王との娘、カタリナは最初、**ヘンリー7世**の長男、**アーサー王太子**（**アーサー・テューダー**）との婚約が決められており14歳で、スペインからイギリスに向かいます。

彼女の姿――腰から下を円錐型に大きく膨らませたスタイルのドレス――は当時のイギリス人を驚かせそのモードは瞬く間、宮廷を中心に流行しました。

しかし**リッチモンド宮殿**で初対面したアーサー王太子は一年足らずで病死。兄の後継として王位継承権を得たヘンリー8世はカタリナを妃に出来ると北叟笑《ほくそ》みますが、**教会**がこれをゆるさない。それでも無理矢理、ヘンリー8世はカタリナを娶ります。ですがカタリナが流産、ようやく生まれた子供もすぐ死に、娘（**メアリー1世**）にしか恵まれないことにしびれを切らすと、ヘンリー8世はカタリナの待女の**メアリー・ブーリン**、**アン・ブーリン**という姉妹に手をつけるなどし、妾を増やしていきました。

そして特に寵愛したアン・ブーリンを王妃に据える為、教会にカタリナは前夫（アーサー王太子）と名目上でなく肉体関係を持つ夫婦だったと訴え、結婚撤回を画策します。

カタリナは自分は処女だったと釈明し、教会も身勝手なヘンリー8世の離婚は認めませんでした。ながらヘンリー8世は、認めないなら違う教会に認めさせると、**イングランド国教会**というものを分派させ、これが最高権威であるとうそぶき、強引に離婚を成立させます。

こうしてカタリナはケンブリッシャーの**キンボルトン城**に身柄を移され、王太子未亡人、形ばかりの地位に甘んじ侘しい生涯を終えるのですが、王妃時代、慈善事業を推進し貧者に手を差し伸べていたことを国民は忘れず、彼女に尊意を示し続けました。

面白いのはこうしてヘンリー8世はアンを妃にしたにもかかわらず、生まれたのは女の子だったことです。

この子が「私は国家と結婚している」との名言を残し独身を貫く**エリザベス1世**とな

るのですが、更に興味深いは、リーズ城6人目のお姫さま、キャサリンと恋仲になり牢に入れられたオウエン・テューダーは後、脱獄に成功、キャサリンと結婚、一介の下級貴族でしかなかったものの息子としてヘンリー7世をこしらえ、そこからイギリス国王の系譜、**テューダー朝**の系譜が始まったことです。テューダー朝は女系を通じて**ランカスター朝**につながった王朝。

ヘンリー8世もテューダー朝の眷属《けんぞく》。

リーズ城のお姫さま達が傾倒した魔術、〝貴婦人の城〟の呪いが、カタリナを苦しめたヘンリー8世に男子世継ぎを与えず、メアリー1世とエリザベス1世を誕生させたと考えるはオカルトですが、リーズ城とそのエピソードには、そんな想像を掻き立てるに充分な魅力があります。

Anne de Bretagne & Château d'Amboise

アンヌ・ド・ブルターニュと
アンボワーズ城

信仰深きアンヌ

ルネサンスの文化がフランスで開花しようとした時期、続けざま2人の国王の妃を務めた**アンヌ・ド・ブルターニュ**は史上、とても重要なお姫さまなのですが、名を聞いてもピンとこないかもしれません。ですが通称『**貴婦人と一角獣**』として知られる赤い――**千花模様**《せんかもよう》の中に神秘的な婦人が侍女、ユニコーンや獅子を従えるかそれに守護される図柄が織られた15世紀末のフランドルで制作された6枚のタペストリーといわれれば誰しも記憶に留めているのではないでしょうか？

ジョルジュ・サンドが絶賛したことでも知られるこの織物の下絵は『**いとも小さき時**《じ》**祷書**《とうしょ》』の挿絵を基礎とし、それを描いたと同様の者が担当したと考えられています。

時祷書とはカトリックの祈りや詩篇などを文と絵で編纂した中世の装飾写本のこと。アンヌ・ド・ブルターニュは、美術品としても価値を評価される優れた時祷書（『**大時祷書**』や『**小時祷書**』）を宮廷画家や著述家、宣教師に作らせました。

パトロンとして芸術と芸術家を大いに擁護し（結果、それはルネサンスを盛り上げる）、信仰と慈善活動に終始したこのお姫さまが1514年の1月に死去、40日にも及ぶ葬儀が**サン＝ドニ大聖堂**で行われた際はフランス中の詩人、著述家が弔いを記し、音楽家が悲しみの演奏を奏でました。なのに現在、何故に一般認知が地味なのかというと、恐らく悪い噂を持たないお姫さまだからでしょう。

西太后や**ルクレツィア・ボルジア**のように根拠があろうとなかろうと、悪評が高いお姫さまほど後世に強い印象を残します。

アンヌ・ド・ブルターニュも、自己顕示から時祷書の貴婦人の絵の下に、これ私↓とラクガキし、教会に怒られておればもっと世俗の興味を煽ったでしょうが、彼女はそういうことをしない真面目な文学少女でした。

生まれ育った**ブルターニュ公爵城**で施された教育が幼い頃から書物への親しみを持たせました。再婚により**アンボワーズ城**から引っ越す際は、宗教書や文芸書を含め1000冊以上の蔵書を所持していたといいます。手紙を書くのも大好きで、他国の王や教皇、地方の臣下を問わず文を送りまくっていました。

自分で書くのでは追っつかないので書記を雇ったほどです。

政治への口出しはしませんでしたが、その筆まめが功を奏し、彼女が妃の間、大きな揉め事を起こさずフランスは政情を安定させます。しかしそういうのでは、やはり面白い物語にはなりにくいですよね。

3度の結婚

アンヌ・ド・ブルターニュは正確には3度、結婚しています。

『瓔珞〜紫禁城に燃ゆる逆襲の王妃〜』で**魏瓔珞**は**乾隆帝**に「陛下の駒として——異民族や臣下と政略結婚する運命です」と2人の間に出来た娘のことを語りますが、アンヌも**ブルターニュ公**、**フランソワ2世**と**マグリット・ド・フォア**の娘、政治のキャスティングボードとして生まれました。

彼女は次の**ブルターニュ女公**であり、母親の眷属から**アラゴン王**、**フェルナンド2世**を大叔父に持つ外交上重要な駒。1490年、彼女は後に**神聖ローマ皇帝**となる**マクシミリアン1世**と書類上の結婚をしますが、すぐに無効とみなされ、1491年、**フランス王**、**シャルル8世**に嫁ぎます。

マクシミリアン1世との婚儀は彼と結婚する筈の妹が12歳で急逝したが故の代理婚でしたが、それ以前に**道化戦争**と呼ばれるフランスへの反乱で敗北したフランソワ2世は、フランス王の許可なく娘を嫁に出せない——とする**ヴェルジェ条約**をシャルル8世に結ばされます。ですのでシャルル8世はアンヌにマクシミリアン1世との結婚を撤回、自分と結婚するよう呼びかけます。

条約にサインした父のフランソワ2世は1488年に没し、2年前に母も死んでいたのでアンヌが決めなければならず、アンヌは提案に従い、妃になることを承諾します。結婚式は**ランジェ城**で行われました。アンヌは14歳、シャルル8世にしろ21歳でした。サン゠ドニ大聖堂でフランス王妃として正式戴冠するのは翌年の1492年です。

この結婚にあたりシャルル8世は**マルグリット・ドートリッシュ**との婚約を破棄します。マルグリットはマクシミリアン1世の娘です。関係性がややこしいですが、魏瓔珞が申すよう真実、駒と考えれば混乱しないでしょう。クウィーンでルークを取りたいからビショップを捨てる——みたいなもの。全てはキングを取るための作戦です。

女性の尊厳を目指して

ロワール川が見下ろせる**回廊**《かいろう》を持つアンボワーズ城にアンヌが居住たのは、シャルル8世の治世の末期。それまではロワール渓谷にある**ブロワ城**（7名のフランス王と10名の妃の住居として使われた）にいました。

築城を11世紀まで遡れる青い尖頂を持つアンボワーズ城は1434年、**シャルル7世**が所有権を得て以来、フランス王が引き継ぐ**お城**となります。シャルル7世はフランスにおいて初めて**ルネサンス様式**を折り込ませ、お城を**フライボワイアン形式**の**ゴシック建築**に改修させました。続くシャルル8世は**イタリア式庭園**を作りました。シンメトリーが基本ですが、イタリアでは斜面が多いため**テラス式**と呼ばれる方式が採用されていたものを、地形を考慮し平地に対応、これが**フランス式庭園**の先駆けとなります。

アンボワーズ城の中にアンヌは自分の施設をいくつか持ちます。**大広間**、**礼拝堂**、**寝室**、**衣裳部屋**などからなる**アパルトマン**。礼拝堂には複数の司祭、楽団が常駐し、**広間**や**寝室**には絢爛の**細密画**が描かれていました。侍女の数は30名を下らず、外出の時は2

頭の馬にひかれた輿を用います。
僕らが想像する――**高橋真琴**《たかはしまこと》が描くお姫さまの様子さながらのスタイルをアンヌは確立していました。

シャルル8世との間には6人の子供が出来ますが、いずれも死産や早世でした。従い、1498年、彼が突如死去した時にフランス王朝は焦りました。**鴨居**《かもい》に頭をぶつけて死ぬ――彼の変な死に方だけに非ず、寡婦になったアンヌの処置に困ったのです。

子供もいませんし寡婦になればアンヌは単に、ブルターニュの女公なのです。

それまではブルターニュ女公だけどフランス王妃なので、王妃の立場が優先されました。ですから構造的にブルターニュはフランスの支配下という暗黙の了解に波風が立たなかったのです。負けたとはいえアンヌのお父さんはフランスに反抗したじゃないですか。このまま彼女をブルターニュに戻してはいつまた、蜂起されるかわかったものじゃありません。

ですから次に王位継承権を持つ**ルイ12世**が王位を継ぐと共に彼がアンヌを娶ることになります。アンヌの**寡婦産**を倍増してまでフランス王朝は引き留めに腐心しました。ルイ12世にしてみれば本来回ってくるべきではない王位が転がり込み、嫁候補のアンヌは可愛いし大人しいし性格も良さそうだし何の不服もない。再婚を承諾するかどうかはアンヌの胸先三寸。アンヌはブルターニュの安全保障を強く願い、それと引き換えにルイ12世との結婚を承諾します。駒としての宿命を自ら最大限にいかす彼女の英断でした。

37歳のルイ12世と22歳で再婚したアンヌには王から指輪が贈られました。

フランス王妃に指輪が授けられるのは初めてのことでしたので、どれだけフランスがアンヌを留めておきたかったかが察せられます。住居はブロワ城へと移されました。**ナント大聖堂**に両親の墓を豪勢に作り、ルイ12世が重病にかかった際は昼夜を分かたず自ら看病し、男子には恵まれなかったものの**クロード・ド・フランス**、**ルネ・ド・フランス**、2人の娘を産み、以前より大きくなった権限と財を更なる信仰と芸術の擁護に費やしました。スゴくいい人です。

でも彼女が決して従順なるお姫さまではなかった証拠もあるのです。

長女、クロード・ド・フランスはアンヌの後にブルターニュ女公を踏襲する立場でしたが、アンヌは彼女が次期王位継承者**フランソワ1世**と結婚し、フランス王妃になることには反対でした。最終的にはそうなってしまいますが、将来、ブルターニュが完全にフランスの従属国になるのを防ぎたかったし、娘に自分と同様、ただの駒である人生を歩ませたくなかったのです。

その想いは、再婚してから宮廷宣教師**アントワーヌ・デュフール**に書かせた『**高名な女性の生涯**』の内容に深くあらわされていると思います。91名の伝記からなるこの書物には**ジャンヌ・ダルク**も登場します。『**デカメロン**』の**ジョヴァンニ・ボッカッチョ**がいわゆる男尊女卑の思想を著述したことに対抗するように、アンヌは女子の美徳をこの本で示そうと試みました。

ルネサンスは人文主義、世俗主義というふう様々な面を併せ持ちますが、アンヌはその理想を男性同様に女子が尊厳を持つ――ものと捉えていたと思います。

葬儀の後36歳の若さでこの世を去ったアンヌの心臓はクラウンが付いた金の**聖遺物箱**に入れられ、本人の希望通り両親の墓のあるナント大聖堂へ運ばれました。

現在、それはナントの**ドブレ美術館**に収蔵されています。

Diane de Poitiers & Château de Chenonceau

ディアーヌ・ド・ポアチエとシュノンソー城

6人の女の城

アンボワーズ城をはじめフランス北西部のロワール川の流域は**お城**だらけで、大小含め300以上の古城がひしめきます。

フランス王家はこぞってここにお城を建てました。

シュノンソー城は中でも白眉の名城として知られます。対岸へと続く川の上にかけられた長さ60メートルのアーチ型の橋の上は**ギャラリー**と呼ばれる**回廊**（**ダンスホール**としても使われた）になっており、18の窓からは川の景色が眺められる。お城を囲むように2つの異なる趣向をこらした**フランス式庭園**があり、丸みを帯びた青い**尖塔**《せんとう》を持つ**ルネサンス様式**のお城の少し離れた右手に、**マルクの塔**なるガッチリした元、**要塞**が残されているのも絶妙のバランスです。

甘さの中にしっかり無骨な**軍事施設**があるあたりスウィート&ビターと申しましょうか。

チョコレートとお城を好む者（つまり女子）にとっては垂涎の建築物でしょう。

1521年から城主が6代、女性だったので**〝6人の女の城〟**とも呼ばれます。中でも**アンリ2世**からこのお城をもらった2代目城主**ディアーヌ・ド・ポアチエ**は有名です。初代城主は**カトリーヌ・ブリソネ**（**フランソワ1世**の**財務長官**、**トマ・ボイエ**の妻）で、彼女が塔だけ残して**マルク城**を取り壊し、ルネサンス様式のお城に作り直したのですが、川に橋をかけ、**庭園**を増設したディアーヌのほうが知られている。

とはいえディアーヌ、正式なお姫さまじゃないのです。アンリ2世の愛妾。アンリ2世に**シュベルニー城**を与えられたのですが「どっちかというとシュノンソーのほうが好き。可愛いし……」とシュベルニー城は売却し、かわりにシュノンソー城を与えて欲しいと願い出て、アンリ2世は言いなりでしたので、父のフランソワ1世の死後、己の所有となったシュノンソー城を彼女にあげました。

1547年に新国王として戴冠したアンリ2世は、愛の証として宝石でも土地でもなんでも彼女にあげました。どうやったって気持ちをつなぎとめておきたかったのです。だって19歳も歳が離れた愛人ですから……。おお、ロリコン王か？　否、その反対、アンリ2世よりディアーヌのほうが19歳上だった。

アンリ2世はオバコンだったのです。

ディアーヌの色香に惑う男たち

次々に年上をかこったという記述もありませんので、オバコンではないかもしれません。ディアーヌがアンリ2世を籠絡する腕に長けていたというべきなのでしょう。実際、彼女の美貌と色香は根こそぎ、男性を魅了する魔性を持ちました。元々、彼女はアネの領主、**ルイ・ド・ブレゼ**の後妻でした。前妻を亡くしショボくれていたルイ・ド・ブレゼと彼女が結婚するのはディアーヌが15歳、ルイ・ド・ブレゼが56歳の頃でした。歳の差、41——。

こう聞くと、若くしてジジィを転がし、後に熟女の魅力で若い王をたぶらかした悪女のイメージを持たれるやもしれません。ただ、ルイ・ド・ブレゼは博学で機知に富む紳士で、ディアーヌの教養を豊かにしていくことが彼の楽しみであったとする記述から察すると、単に打算でディアーヌがジジィ転がしをしたとも言い難い部分があります。

若い頃は大人の男性に惹かれるじゃないですか。大人になってしまったなら、今度は青い少年の純情を穢したくなるものです。

ディアーヌはそういう欲望に忠実だったのではないかしらん。ルイ・ド・ブレゼの死以降、彼女は白と黒のドレスしか着なくなります。50歳を越えても美しく、自分で配合した美容液やコスメで若さを保っていた記録も残ります。強欲なだけなら、シュノンソー城も欲しいがシュベルニー城も手放さない方法を画策した筈ですしね。

ただ、家柄は悪くないものの身分的にフランス王妃にはなれない人でもありました。アンリ2世には**フランソワ3世**という兄の**王太子**がいて、幼少期、社交的で文武両道な兄に比べるとアンリ2世は馬術にしか興味のない陰気な次男として、父のフランソワ1世の目にはうつっていました。

ですので、フランソワ1世はアンリ2世の教育係を探したのです。フランソワ1世が白羽の矢をたてたのが、ディアーヌ。フランソワ1世にすればルイ・ド・ブレゼから教育を受け、女子の優雅さを備えるディアーヌ以外、適任者がないように思われた。頼まれたディアーヌとルイ・ド・ブレゼは自分達の住む**アネット城**にアンリ2世を預かり半年だけ、世話をするのを了承します。この時、ディアーヌは30歳、アンリ2世は11歳。

やがて夫のルイ・ド・ブレゼが72歳で死去しアネット城で暮らしていたディアーヌの

もとにフランソワ1世より使いがきます。妃、**レオノール・デ・アウストリア**の侍女という扱いにはなるが、私達の住む**フォンテーヌブロー宮殿**で暮らし、またアンヌ2世の教育をしてくれないか——。

こうして約半年後に、ディアーヌとアンリ2世は再会します。

かつては家庭教師と教え子でしたが、今度は未亡人の家庭教師と教え子、更にいうとレオノール・デ・アウストリアはフランソワ1世の2番目の妻、アンリ2世は血のつながらぬ継母を母として仰がねばならぬ状況下で暮らすシチュにおいてです。

これはヤバい展開しかないではないですか！　アンリ2世はディアーヌに文学や絵画の教養を教えられ、それに興味を抱くと共に違う興味も彼女に抱き始めます。

もはやアンリ2世のディアーヌを追う目の色が常軌を逸しているを悟った臣下がフランソワ1世に諫言するものの「あいつも明るくなってきたし」と取り合ってもらえない。フランソワ1世としては「王位は兄が継ぐし、別にいいじゃん」でした。

しかし、誤算が生じます。王太子が12歳でジュ・ド・ポームという球技に興じていた時、事故で死亡してしまうのです。

従い王位継承者はアンリ2世になります。そして、エロさだけだったディアーヌとアンリ2世の萌え物語にもう一人、キャストが加わり、バッドエンドの分岐ルートが出現します。

バッドエンドの鍵を握りしキャスト――フィレンツェの**メディチ家**よりアンリ2世の妃として嫁がされる**カトリーヌ・ド・メディシス**が登場するのでした。

美に生きたディアーヌ

1533年（王太子が死ぬ3年前）にフランソワ1世は、アンリ2世とカトリーヌ・ド・メディシィスの縁談をまとめています。

民が領主に賦役や生産物を地代として渡すかわり、領主は脅威から領民を守るという**フューダリズム**（**封建制度**）はインフラが整備され商工業が活性し、市民が独自の経済基盤を築き出すと力を弱くします。ルネサンスはそれが顕著になり始めた時代でもありました。従い、フランソワ1世の治世時、王朝は結構、お金に苦労していたのです。

1525年の**パヴィアの戦い**では**カール5世**に負け、自分と2人の幼い息子（王太子とアンリ2世）を解放してもらう為、莫大な身代金を支払ったりもしてますし、庶民が思うほど国の財政は盤石でありませんでした。

メディチ家はこの頃、国王より金持ちといわれるくらい**銀行**業で隆盛を極めていました。フランソワ1世はそこの娘を息子の嫁にすることで経済支援を期待した。財産目当てでカトリーヌをアンリ2世に娶らせました。

しかしアンリ2世は妻に関心を示さず、ディアーヌにデレデレしたままです。当然、カトリーヌはディアーヌに敵意を抱きます。でも我慢し続けるのです、アンリ2世が死去するまでは……。

1559年、馬上槍試合の大怪我で40年の生涯をアンリ2世が終えると、正妻としてカトリーヌのディアーヌに対する露骨な嫌がらせが始まります。「ただの家庭教師なんだし、アンリ2世からもらったもの、全部返しなさいよ」、正式な身分が与えられていなかったディアーヌはこうすごまれ、宝石も何もかも、カトリーヌに取り上げられました。

妻として迎えられ夫が戴冠の後はフランス王妃となったものの約25年間、実質はお飾りだったカトリーヌにしてみれば、恨み骨髄に徹すは仕方ない。

ディアーヌが最もダメージを受けたのはシュノンソー城を返せといわれたことでした。「住むとこなくなるんだったらあげるから」と、もっと条件のいい**ショーモン城**をカトリーヌから賜るものの、そもそもシュベルニー城よか「可愛いから」とシュノンソー城を選んだディアーヌにとって、それは女子として耐え難き屈辱であったでしょう。

これ見よがし、カトリーヌはシュノンソー城のディアーヌが作った庭園を壊さず、あえて反対側に、自分のフランス式庭園をこしらえます。どちらの庭園がこの城にはふさわしい？――ディアーヌを挑発するように。

今もこの2つの庭園は来城者にそれを問い続けます。ディアーヌがショーモン城に住んだのは短い間でした。小さなアネット城にこもり66歳の生涯を終えました。

近年、彼女の遺骨と毛髪から多量の金の成分が検出されたが明らかとなりました。老いてもなお、美のために金粉などを混合した独自の薬剤を服用していたを想像するならば、僕はこの人に敬意を払わずにはおられません。

カトリーヌ・ド・メディシスと
ルーブル宮殿
Catherine de Médicis & Palais du Louvre
Catherine de Médicis
palais du Louvre.
2020
ayumi

美女と醜女

1533年、フィレンツェより後にフランス王となる**アンリ2世**に嫁ぐものの、夫は19も歳上の妖艶な家庭教師に夢中、周囲も咎めだてする訳でもなく放置。一応、王妃として敬意ははらわれているものの儀礼的であるは明白、国王になってからの夫は愛妾への待遇をあつくするばかり。だから夫の死後、正妻の権限でまっさきに妾の財産を没収、夫が彼女に与えた**シュノンソー城**も取り上げ追放した――。

シュノンソー城を奪われた**ディアーヌ・ド・ポアチエ**と、取り上げたアンリ2世の正妻、**カトリーヌ・ド・メディシス**については、どちらかの肩を持つと当然、どちらかを悪者にしなけあなりません。

けれどもそれでもカトリーヌだけが業深く、愛する夫が死んだを境に、もはやどうにも悪女の性を爆発させた――とするのではあまりに可哀想ですよ。カトリーヌだって約25年間、奉仕の気持ちで耐えたのです。

シュノンソー城は国王の持ち物ですから返しなさいといったは、意地悪ですが筋は通っていません。そして住むところがないならあげますと交換に差し出した**ショーモン城**は、カトリーヌ自身が所有する**お城**。これを王の寵愛以外拠り所なかったディアーヌに対し、正妻かつ実家が金持ちであるのを知らしめた行為として非難する人が多いですが、論理的にはカトリーヌに非はないですよね。

悪いのはこの結婚を決めたアンリ2世の父**フランソワ1世**ですよ。

カトリーヌを息子の嫁にするのはイタリアとの関係をよくする目的もありましたが、**メディチ家**の財産に目が眩んだ。カトリーヌの持参金は破格の10万エキュ。フランソワ1世は**ルネサンス**にハマっていて、邸宅の**フォンテーヌブロー宮殿**を絢爛豪華な**ルネサンス様式**に大改装するのに資金を必要とした。

カトリーヌは14歳でアンリ2世に嫁ぎますが2人は同い歳です。半月ほどアンリ2世のほうがお兄さんなだけ。

それ故、政略結婚とはいえ会うまでは親近感を期待してもいたでしょう。ところが、アンリ2世はディアーヌを膝にのせ、悪びれる様子もなく彼女を無視。多くの著述家がブスとまではいいませんが、カトリーヌは容姿に恵まれていなかったと記します。

「一方、王妃カトリーヌは、小肥りの醜い女で、鼻が大きく、唇は薄く、船暈いにかかった人のような締まりのない口元をしていた（『**世界悪女物語**』）――どこかの史書の引用でしょうが、澁澤さん……この表現は非道すぎます！

カトリーヌの悲しみ

王さまよりも金持ちといわれるメディチ家でしたが、カトリーヌの婚儀が決まると「商人の娘が身分違いにもほどがある」とフランスの民は一斉に悪口をいい出します。

カトリーヌは幼くして英才教育を受け、語学や芸術への見識も深かったので、人一倍、プライドが高かった筈。でもずっと悲惨な境遇を味わってきました。

両親に早く死なれ、メディチ家の後継者として唯一の存在になったのに承認されなかったり、メディチ家と縁のある教皇**クレメンス7世**と**カール5世**の争いに巻き込まれ、**修道院**に幽閉されたり……。アンリ2世との結婚が決まった時には、恋人がいたが別れさせられたという記述もあります。

アンリ2世との屈辱的な結婚生活に救済の手が差し伸べられなかったのは、実際の持参金の額が約束より低くフランソワ1世がヘソを曲げたからという説もある。

後に**プロテスタント**を大量に処刑する**サン・バルテルミの虐殺**を指示したことから悪いお姫さまの汚名がつきまとうのは仕方ないとして、正妻ですから世継ぎは欲しいとする王朝の意向にこたえるべく、薬を飲み10年間、懐妊しにくい体質を改善する努力をし、アンリ2世との間に10名も子供をこしらえたのですよ。

このうち3名はフランス国王（**フランソワ2世、シャルル9世、アンリ3世**）になりますので、もう少し讃えられてもいい。

あ、でも出身地のイタリアではやはり人気があるようです。

カトリーヌにはシュノンソー城の他、死去した**ブロワ城**などいくつか所縁のお城がありますが、メディチ家の住居として建てられたフィレンツェの**メディチ・リッカルディ宮殿**はイタリア人に愛される屈指の観光スポットです。

ベノッツォ・ゴッツォリのフレスコ画『**東方の三博士**』が3つの壁を埋める**礼拝堂**や、**コリント式**の柱で囲まれた**中庭**のある邸は、ルネサンス様式から時を経て17世紀には**バロック様式**へとカスタムされ、メディチ家も時代と共に追い出されたり舞い戻ったりを繰り返しますが、1523年にクレメンス7世が教皇として、あっちにやられたりこっちにやられたりのカトリーヌを哀れに思い、これは彼女の所有物だと決定を下したエピソードを持つ建物です。

今はフィレンツェが所有し、一部を**美術館**として公開、一部は**行政オフィス**として使われています（宮津の**ミップル**みたいです！）。

神秘の世界に傾倒

アンリ2世の死後、長男のフランソワ2世が王位を継承するものの元来病弱であったが故、約1年で死去、次期国王は次男、シャルル9世にまわってきますがこの時、彼はまだ10歳、摂政を必要としました。

ですので1561年、戴冠と共に、摂政役をカトリーヌがすることになるのですが（彼女の治政は約40年続くことになる）、その権威を示すものとして恰好なのが**ルーブル宮殿**を拡張、その横に**別館**、**テュイルリー宮殿**を建てることでした。**コンコルド広場**のあたりです。

現在は**ルーブル美術館**として利用され、**宮殿**の印象を薄くしますが、そもそものルーブル宮殿は12世紀、お城として**フィリップ2世**が建設した**軍事要塞**でした。それを14世紀あたりからここで戦争もあまりしなくなったしと、王家が住まいとして**リフォーム**し始めます。

かつての写本などを見ると確かに、**尖塔**があり明らかにお城です。360度を見渡せ襲来に死角なき**円塔**の**主塔**は、高さ13、直径4メートルと他の城にぬきんでて大きく、敵を怖じけさせるにも有効のスケールでした。

カトリーヌが住まう頃には、フランソワ1世がルネサンス様式に改造していました。とにかく何でもルネサンス様式にしなければ我慢出来ない人だったのです、フランソワ1世という王さまは……。

カトリーヌの逸話の中には、1559年の馬上槍試合の怪我が元で命を落とすアンリ2世に直前、試合をやめるよう懇願したというものがあります。**ノストラダムス**の予言で彼女は事故を察したというのです。

「若き獅子は老人に打ち勝たん、いくさの庭にて、一騎討のはてに、黄金の檻の中なる、双眼をえぐり抜かん、酷《むご》き死を死ぬため、二の傷は一とならん」――。

実際、アンリ2世の事故は相手の槍が目に突き刺さるというものでしたので、予言に呼応している。

ディアーヌ・ド・ポアチエが夫の寵愛を独占していたので、暇なカトリーヌ（王妃なので家事をする訳でもなし）は占星術やカバラなどのオカルトにのめり込んでいました。誰にも気兼ねなく日々を過ごせるようになってからは、益々顕著、ルーブル宮殿の彼女の部屋には、ノストラダムスだったり天文学者兼占星術師の**レーニエ**だったりという魔術師達が頻繁に出入りを始めます。不妊の治療薬もこんな魔術師達から得たようです。

しかしこの時代、魔術は科学と表裏一体でしたので、カトリーヌをヤバい厨二病のお姫さまと決めるのはよくありません。

そもそも苗字から察せられるよう、メディチ家自体が薬の商いに端を発する**商家**（**サンタ・マリア・ノヴェッラ**だって同じくフィレンツェの**ドミニコ修道会**が起源の**薬局**ですよね）だと思われますし、彼女の教養においてオカルトは欠かせぬものだったのでしょう。

カトリーヌは多く読書をしましたが、哲学や思想書を重視しました。中でも**プラトン**に傾倒したようです。**プラトン立体**でも知られるよう、プラトンは神秘思想にとらわれていた人でもあります（そういえばルーブル美術館の入り口にあるガラスの**ルーブル・ピラミッド**

――1989年の設置ですが正四面体、まるでプラトン立体ですよ！　建設した**イオ・ミン・ペイ**はカトリーヌのオカルトを意識したんでしょうかね。それともカトリーヌが憑依した？）。

カトリーヌのオカルト崇拝は、決して我が身の不遇を嘆いての逃避ではありません。ルネサンス狂のフランソワ1世にせよ、**レオナルド・ダ・ヴィンチ**をフィレンツェから呼び、**アンボワーズ城**に近い**クロ・リュセ城**に住まわせ、『**モナ・リザ**』をもらって喜んだりしていますしね。有名絵画を多くのこすので万人受けしますが、怪しさからいえばダ・ヴィンチもノストラダムスも同じです。

カトリーヌはアンリ2世が在命中、いろんな香水を作ってその香を纏ってみたり、侍女を美人で揃えたり、己の美貌の欠陥をどうにか克服しようとしました。夫が死んでからは、ディアーヌが前夫の死後、白と黒の服しか着なくなったのを模倣し、自分も黒のドレスしか着なくなりました。

毒殺魔疑惑もありますが、多分、薬局の娘という出自から出た噂でしょう。

世間の評判ほど、悪女ではないと思うのです。

ブスだったことは否めないとしても……。

Elizabeth I & St Paul's Cathedral

エリザベス1世と セント・ポール大聖堂

お姫さまと海賊

私は国家と結婚している——と独身を貫いた**処女王**、**エリザベス1世**はどうして結婚しなかったのか？

最初の恋人とされる寵臣の**ロバート・ダドリー**（とてもハンサム）は妻帯者で、妻は事故死するものの、愛人関係にあったを公に知られる彼と結婚すれば女王として痛くもない腹を探られるので諦めたと考える人もいますし、探検家にして軍人の**ウォルター・ローリー**（この人もハンサム）と結婚しなかったのは、宮廷に仕え始めたばかりの美少年**ロバート・デルヴァー**に一目惚れ、夫を持つよか自由恋愛を謳歌するほうが得と彼女が思ったと考える人もいます。

他にも**クリストファー・ハットン**など恋人らしき男性はあまたあげられますが、全員美形。外交を有利にするため独身でいたとする研究もありますが、面喰いだけは間違いない。

好色の王**ヘンリー8世**と2人めの妻、**アン・ブーリン**との間に生まれたエリザベスが

メアリー1世の治世を経て1558年、**イギリス女王**の座につくには、数々の苦難がありました。

3歳の時、母のアン・ブーリンは、不貞の濡れ衣をきせられ**ロンドン塔**に幽閉後、斬首（再婚するため**イングランド国教会**をでっち上げるヘンリー8世です。これは次の妻**ジェーン・シーモア**と結婚するための彼の奸計）されていますし、エリザベス自身も1554年、**ワイアットの乱**に加担という反逆罪の嫌疑をメアリー1世にきせられ、ロンドン塔に幽閉されています。

しかしメアリー1世が**セント・ジェームズ宮殿**で没するのに伴い、**英国王室**の開祖**ウィリアム1世**から数え23代、**テューダー家**としては5代目最後の国王として戴冠を果たすのです。

先のメアリー1世は**プロテスタント**への過剰な弾圧から〝**血まみれのメアリー**〟と呼ばれた残酷な女王さま。エリザベスの即位は国民に大きな希望を与えました。

更には1585年より大国スペインに堂々と反抗、スペイン商船に海賊行為をする**フランシス・ドレーク**の行為を黙認、というか援護（奪ったものは2人で山分けしたらしい）し、1588年、堪忍袋の尾が切れ宣戦布告してきたスペインの**無敵艦隊**を打ち破ってしまいます。スペイン艦隊は130隻、兵士の数は5万以上。イギリス軍は王室所蔵船34隻と商船163隻での対決でした。

前線に赴きエリザベスはこういいます。

「私はか弱く脆い肉体の持ち主だ。しかし私は国王の胃と心臓を持っている。それはイングランド王のものだ。――不名誉を被るよりも私は剣を持って立ち上がろう」

カッコいいですよ。この時、エリザベスは銀の甲冑をつけ白い馬に乗っていたらしい。ですから、**セント・ポール大聖堂**で勝利を宣言し、彼女が神に感謝を捧げるセレモニーは、国民の熱狂の中、行われました。

ヴィヴィアン・ウエストウッドは自分のお洋服のテーマの根源を〝お姫さまと海賊〟といいますが、元ネタはここにあります。

燃えるセント・ポール大聖堂

セント・ポール大聖堂は、イギリスの**バロック建築**の代表といわれますが、2度も大火にあい、現在の姿で再建を果たしたのは、1710年。はじめに建ったのは604年ですから、つい最近ということになります。

初代の**教会**は**木造**。675年、火災が起こり全焼。ですので頑丈にせねば！――962年に石造で作り直す計画が始まります。**お城**などと同様の仕様で作られる中央に高い**尖塔**を持つ**ノルマン様式**の厳かな建物が完成するのは1310年。工事期間約200年。

アントニオ・ガウディの**サクラダ・ファミリア**が、まだまだ未完成と聞く時、僕らは本気で作る気あるんか？　訝りますが、こういう前例を知るとコツコツやってるのだなと邪推を訂正せざるを得ません。

しかしこの教会も1447年、1561年、2度も尖塔が落雷で損傷します。更に1666年、**ロンドン大火**により全体が焼失。

もはや呪われていると思いたくなりますが、1668年、イギリス王室のお抱え建築家**クリストファー・レン**がまた建て直しを依頼されます。レンは**バロック様式**で新しい教会を復興させる案をまとめますが、教会、議会などがそれぞれ図面に文句をつけまくり、着工出来ることになるのは1675年でした。そして35年をかけ1710年、新大聖堂は完成。レンはこの聖堂以外にもロンドン大火で失われた教会を大小問わず50以上、建て直しています。

1度目の落雷の損傷は15年後に修復されましたが、2度目の落雷の破損はエリザベスが費用を出し、足りない分を寄付で賄おうとしても、足りず、完全なものにはなりませんでした。従い、エリザベスが勝利の祈りを捧げた時、大聖堂の屋根は壊れたままだったことになります。

クラッシュした屋根の教会で、かちどきをあげる女王と絶賛する国民達——。まさに**パンク！**　女王がパンクなのでロンドン・バーニング、20世紀になりパンクス達もロンドンを燃やしちゃったのですかね？

エリザベスの情念

エリザベスをロンドン塔に閉じ込めたメアリー1世はエリザベスの姉でした。異母姉ですが……。とはいえなぜに妹を？　ちょっと関係性が複雑なのでまとめましょう。

ヘンリー8世の妻の推移。**キャサリン・オブ・アラゴン、アン・ブーリン、ジェーン・シーモア、アン・オブ・クレーヴズ、キャサリン・ハワード、キャサリン・パー**。

キャサリン・オブ・アラゴンはメアリー1世の母親。アン・ブーリンはエリザベス1世の母親。ジェーン・シーモアは**エドワード6世**（メアリー1世の前に国王だった人）の母親。アン・オブ・クレーヴズは肖像画だけ見て嫁に迎えたヘンリー8世が、絵と違う！と半年で離婚したので子供なし。キャサリン・ハワードは離婚されたアン・オブ・クレーヴズの侍女でやはり子供なし（不貞疑惑を持たれロンドン塔で処刑）。キャサリン・パーはヘンリー8世との間に子供をもうけなかったものの、途中でヘンリー8世が死んだので、寡婦となり、前の恋人、テューダー朝の**トマス・シーモア卿**と結婚して子供も産む。

ということで、メアリー1世にしてみれば父のヘンリー8世なき後、次期国王にエドワード6世（9歳で即位）――は、異母弟だとしても男子だから構わなかった。

でもエドワード6世が15歳で病死する直前、教育係の**ジョン・ダドリー**が自身の息子とヘンリー8世の孫に該当する**ジェーン・グレイ**を結婚させ、死の間際、次の王位継承者はジェーン・グレイとエドワード6世に約束させ、このジェーン・グレイを即位させたものですから、メアリー1世は激怒。「女王は私でしょ！」と、在位9日でジェーンを失脚させ、自分の即位を宣言、ジェーンを殺しちゃうのです。

しかしメアリー1世にしろ、母親がヘンリー8世にアン・ブーリンと結婚する為、結婚を無効とされ、自分は**プリンセス・オブ・ウェールズ**なる意味不明の身分しか与えられておらず、順当に王位継承の資格を持つのは異母妹と承知していました。

ジェーン・グレイの即位に際し、メアリー1世とエリザベスの異母姉妹はタッグを組み、引きずり下ろす作戦を敢行しています。

エリザベスとしても姉の立場は解る。2人は幼少より仲が悪く、メアリー1世は病死の間際、最後まで次の女王をエリザベスと指名するのをしぶったといわれますが、真偽のほどは定かでありません。ただ、メアリー1世がプロテスタントを全くゆるさなかったのに対し、エリザベスは容認する方針の人でした。

セント・ポール大聖堂はレンが建て直して以降も、強奪や戦火により大きな損傷を与えられてきました。ドームの壁画は18世紀に作成、現在の**主祭壇**が1958年製ということからも、エリザベスの頃の聖堂の景色は案外、残ってないのは明白でしょう。

しかし**トリフォリウム**にある**大聖堂図書館**は1709年以降姿を変えず、そこにある3万冊以上の蔵書の中には1649年の彩色**ニュルンベルク聖書**や、世界に3冊だけという1526年に完成の、**ウィリアム・ティンダル**の聖書なども保管されています。

僕はこの聖書コレクションにエリザベスが独身を貫いた理由が隠されていると推理します。だって16世紀のカンタベリー大司教**トマス・クランマー**の聖書もあるのですから。この司教はヘンリー8世の最初の結婚が無効という主張を後押しした人ですよ。セント・ポール大聖堂に彼の聖書が保管されているのを見るたび、エリザベスはこの司教さえいなければ姉も悲しいめにあわず、政治利用される夭折の弟も生まれず、自分の母が不貞の濡れ衣で処刑されることもなかった……と父であるヘンリー8世への怒りと共、恨みを胸にたぎらせたのではないでしょうか。

結婚するに相応の相手がなかったのではなく、婚姻の欺瞞がもたらす悲劇を彼女は自分の子供や愛する者に与えたくはなかった。

セント・ポール大聖堂の屋根を2度も破壊した落雷は、その聖書を焼きたいエリザベスの情念が発生させたものやもしれないです。

それくらいの神通力、この人は持っていますよ。

Joséphine de Beauharnais & Château de Malmaison

ジョゼフィーヌ・ド・ボアルネとマルメゾン城

囚われたジョゼフィーヌ

フランス革命により混乱する中、軍人として功績をあげ、1804年、皇帝についた**ナポレオン・ボナパルト**とその妻（ナポレオンが皇位を得たが故、妃となる）**ジョゼフィーヌ・ド・ボアルネ**の関係については、多くの文献があるものの、イマイチよく解りません。

ジョゼフィーヌは16歳で父が決めた**アレクサンドル・ド・ボアルネ**子爵と結婚するものの、初顔合わせは婚儀の折、この時、アレクサンドルは大いに落胆したといいます。

ジョゼフィーヌはカリブ海の小さな島、マルティニークで育ちました。美人には違いないけれどアレクサンドルはすでに都会の上流階級の女性のエレガントを充分に心得ていましたから、彼女をやはり野におけ蓮華草《れんげそう》――としか思えなかった。子供は2人生まれますが、夫婦仲は悪く結婚は4年で破綻します。

時同じくしてフランス革命（1789年）が勃発します。**マクシミリアン・ロベスピエール**は国王**ルイ16世**を処刑するだけでなく王族、それに関係する者を徹底的に斬首しました。彼は政権期間、約2万人を処刑しています。いわゆる**恐怖政治**ですね。

国王とつながりのある者はひとまず牢獄に放り込む。子爵の位を持つアレクサンドルは**カルム監獄**に幽閉されます。カルム監獄とは**ゴシック様式**の**シャペル・サン・ジョセフ・デ・カルム**という**教会**のことです。余りに急ごしらえの罪人が増え、**監獄**が足りずロベスピエールはパリ近郊の教会の多くを監獄として使用せねばならなくなりました。少し遅れてここにジョゼフィーヌも入ります。

看守達は、別にこの人達、悪いことしてないしと、かなり行動に自由を与えました。しかし囚われているほうはいつ、殺されるか気が気ではない。ですので幽閉された貴族達は囚人同士、好きになったら即、セックス——な刹那の恋に明け暮れます。ジョゼフィーヌも2人の将軍とねんごろになります。アレクサンドルもこの監獄で相手をみつけました。彼の恋人はジョゼフィーヌと同室の女性だったらしい。

もうメチャクチャです。

ナポレオンへの奇妙な愛

アレクサンドルは処刑されますが、ジョゼフィーヌは幽閉をとかれます。ラ・フォルス監獄に移送されていた際に仲良くなった銀行家の娘、**テレーズ・カバリュス**（彼女の愛人であるジャン＝ランベール・タリアンはロベスピエールを処刑し恐怖政治を終わらせた）に都会流の作法も学び、その尽力で社交界デビュー。タリアンと共に行動した**ポール・バラス**（『テルミドール9日』のクーデターの首謀者）を紹介され、彼の愛人になります。バラスはお金持ちでジョゼフィーヌに多くの援助をしますが、かなり浮気性でそのうちジョゼフィーヌに飽きてしまいます。そしてある日、「まだ若いのだがとても有能な軍人なのだ」とナポレオンを彼女に紹介、この2人をくっつけようとするのです。

6歳歳上のジョゼフィーヌ（この時32歳）にナポレオンは一目惚れしますが、ジョゼフィーヌは彼を歯牙にも掛けない。しかし、なぜか翌年、結婚しちゃうのですよね。元々、浪費癖が激しいジョゼフィーヌは常に借金まみれだったそうなので、関係を断ちたかったバラスから結婚と引き換えにして法外な手切れ金でももらったのですかね？

とまれ、ジョゼフィーヌはナポレオンの妻となりますが、浮気をする、高額の買い物をする……最初からとんでもない悪妻でした。

彼女の代名詞ともいえる**マルメゾン城**も、ナポレオンの遠征中、勝手に買っちゃったのですよ。それでもナポレオン、怒らない。ジョゼフィーヌが泣くとゆるしてしまう。遠征先に来て欲しいと毎日手紙を送るも返事はほとんどない。ようやく来たと思ったら歳下の美少年の愛人を連れてきた。……最悪ですわ。

それでもある時期からジョゼフィーヌはナポレオンを愛するようになる。しかし皮肉にも今度はナポレオンの気持ちが離れていく——と、ほとんどの書物は記します。が、どうしてジョゼフィーヌが心を入れ替えるかが、さっぱり僕には解らない。

気持ちは変わらなかったんじゃないですかね。皇帝となったなら国の為、世継を必要とします。2人には子供がなかった。皇帝となったナポレオンは離婚し、**神聖ローマ皇帝**、**フランツ2世**の娘、**マリー・ルイーズ**との再婚を選ぶ——。結末をドラマチックにする為、ジョゼフィーヌに悲劇を与える必要があったのではないか？　悪妻を離縁、もっといい皇妃をもらいました——では面白くありませんし、ナポレオンなぞ最後まで愛さなかったが、皇妃という地位にすがりつき彼女は離婚に抗ったというのでは、ジョゼフィーヌの印象が悪過ぎる。

41歳で皇妃に上り詰めたジョゼフィーヌのティアラには1040個ものダイヤモンドが使われました。燦然と輝く彼女は、戴冠式が行われる**ノートルダム大聖堂**に集まった2万の群衆を歓喜させたという。

そういう人を、単に強欲なオバサンと記すのはフランス人の流儀にかないませんしねぇ。

マルメゾン城のバラ

ジョゼフィーヌはナポレオンと**テュイルリー宮殿**に住みましたが、寡婦となってからはマルメゾン城で晩年を過ごします。

マルメゾン城といえば**庭園**の素晴らしさがとても有名です。ジョゼフィーヌは世界中から希少な植物を取り寄せそれを自分の庭で栽培しました。風土によって育たない花もあるので**温室**も作る。彼女の庭は庭園というよか**植物園**でした。植物採集家であり医師の**ホンブラン**という学者を専属の植物学者、**ミルベル**という園芸家を専用庭師として雇うほどにジョゼフィーヌの園芸は本格的でした。

特にジョゼフィーヌが力を入れたのはバラの新種作り。

彼女の死後、マルメゾンの庭では約250種のバラの品種が確認されています。バラは野生のワイルドローズと品種改良のガーデンローズに分けられますが、ジョゼフィーヌはガーデンローズに熱中しました。

株分け、取り木などバラを育てるには非常な手間がかかります。

その面倒な栽培のインフルエンサーとなったのがジョゼフィーヌで、フランスの育種家達は感化され、こぞってバラの品種改良に取り組みます。こうして新種のバラ作りの歴史が現在まで続くのです。

ボタニカルアートの最高傑作『**バラ図鑑**』（1817〜24年）を**ピエール＝ジョゼフ・ルドゥーテ**が出せたのもジョゼフィーヌのおかげ。マルメゾン城に出入りし植物画家として勢いにのった時、傍らには常にホンブラン、ミルベルがいたので彼の描く『バラ図鑑』は単に美しい写実を超越し標本としての価値を持つものになった。ジョゼフィーヌはルドゥーテに法外な額の手当てを与えました。

アルフォンス・ミュシャもそうですがルドゥーテも多色刷りの技術の詳細を誰にも打ち明けていません。

ただ、ミュシャと同様、後で一葉ずつ細かな手彩色を施していたのは現在の研究で明らかになっており、彩色を担当したのは市井から得た複数の女性達だったそう。ミュシャも手彩色に女性しか採用しませんでした。ルドゥーテは**マリー・アントワネット**の植物画の教師として宮廷に仕えましたし、ロベスピエールに首を刎ねられてもおかしくないのですが、監獄にも入らずなぜか上手くフランス革命を切り抜けています。

ジョゼフィーヌの肖像画としては**フランソワ・ジェラール**の白い**シュミーズ**のようなドレスでソファーに座るものが有名ですが、ジェラールは**ジュリエット・レカミエ**（テレーズ・カバリュスのお友達）の肖像画もほぼ同じように仕上げています。

手抜きではなく、フランス革命後、パリの貴婦人達はデコラティヴなドレスから一転、**エンパイア・スタイル**のシンプルな——いわば下着一枚のみというモードに夢中になる時期があり、皆がこのような格好だったのです。生地には上質なモスリンなどが使用されましたが、冬になれば当然、寒いですよね。でもシュミーズ一枚で頑張るのです。結果、たくさんの人が風邪をひいて死にました。

この頃の社交界では**ギリシア・ローマ時代**への回帰がスノッブなテーマだったのですが、恐らく、テレーズ・カバリュスやジュリエット・レカミエあたりが流行らせたモードだと思います。ジョゼフィーヌは生涯、自分を社交界に導いたテレーズのセンスに憧れ、自分は田舎者だけど負けないぞ、と真似っこを続けたのでしょうね。

離婚後もナポレオンはマルメゾン城を訪れたといいます。花々を見ながらジョゼフィーヌに愚痴をこぼし、彼女は穏やかにそれを聞いていたという。

ジョゼフィーヌがずっとナポレオンに不実であったのは、その無骨さと必死の上昇志向がかつて、やはり野における蓮華草——とバカにされた自分の姿とオーバーラップし続けたからなのかもしれません。

もはや利用し合うには無価値になった関係性でこそ、この2人は友人のように互いの心をゆるし合うパートナーを得たのかもしれないです。51歳でジョゼフィーヌがこの世を去った時、ナポレオンはマルメゾン城で大声をあげて泣いたといいます。

人目も気にせず、戦友をなくした兵士のようにただ、泣きじゃくるばかりだったと伝えられています。

マリア・テレジアとシェーンブルン宮殿

Maria Teresia & Schloss Schönbrunn

ハプスブルク家の離宮

歴代の**ハプスブルク家**君主が利用した**シェーンブルン宮殿**は、邸のみでも横175、奥行き55メートル、**庭園**にいたっては東西約1.2、南北1キロの途方もなく広い夏の**離宮**ですが、かつて狩猟場と農業地だったと聞かされれば、その面積も納得です。

1569年、**マクシミリアン2世**に所有権が移ると、彼は**狩猟館**を建設、敷地に**動物園**を作る計画に熱中しました。野鳥や動物だけでなく、孔雀などの珍しい鳥獣も飼育した。

マクシミリアン2世の動物園はもはやありませんが、シェーンブルン宮殿の敷地には後に、**ジャン・ニコラ・ジャド**が設計した宮廷**メナジェリー**（1759年に完成）と呼ばれる小動物園が作られ、これは現在も世界最古の動物園として機能しています。

19世紀になると**椰子科植物園**、20世紀には生きた蝶が放し飼いの**シュメッターリングハウス**も出来ましたし、**聖ヴィート大聖堂**に眠るマクシミリアン2世としては大満足、**フランツ1世**に感謝しておることでしょう。

フランツ1世はメナジェリーの設営を指示した人、**マリア・テレジア**の旦那さん。オーストリアの〝国母〟といわれ、ハプスブルク家最後の君主にして初の女帝、**オーストリア大公妃**、**ボヘミア王兼**、**ハンガリー王**として約40年君臨したマリア・テレジアと、フランツ1世は当時としては珍しく恋愛結婚しています。

マリア・テレジアの父、**カール6世**も2人の結婚には大賛成だったそうです。しかし女子であるマリア・テレジアを次期王位後継者として認めさせるには周囲の反発があり、カール6世は説得にかなり苦労を要します。でも彼は各国の承認を取りつけました。

マリア・テレジアは1736年、フランツ1世と夫婦になり、1740年、カール6世の死去と共に皇位継承。しかしフランツ1世は戴冠式で、単に王女の旦那、一般人と変わりないと式場に入れてもらえなかったり、入り婿であるが故、数々の憂き目にあいます。

それでも夫婦仲はよかったのですって。なにせ16人もの子供をもうけていますから。

マリア・テレジアの愛した宮殿

結婚に際し、カール6世はマリア・テレジアにウィーン郊外のシェーンブルン宮殿を譲ります。昔の王さま達はエアコンがないので、大抵、**夏の宮**と**冬の宮**を所持していました。マリア・テレジアは限界に寒くなるまで冬の宮である**ホーフブルク宮殿**を使わなかったといいます。よっぽどシェーンブルン宮殿が好きだったのでしょう。

宮殿には1000人もの臣下が住み、約1400もの部屋がありました。とりわけ有名なのは**百万の間**と呼ばれる**客間**や、**中国の丸い小部屋**、**中国の楕円の小部屋**と称される2つの部屋で、中国の——は会議や密談用に使用される部屋でした。話がもれぬ配慮、地下におろせるリフト式のテーブルが置かれ、室外とコンタクトを取らずとも食事が得られる仕掛けが施されていました。

中国の——は壁面に鏡と漆のパネル、東洋の壺などが配されエキゾチックな雰囲気を醸し出している。百万——も曲線フレームで囲んだ260点ものインド、ペルシアの**細密画**を壁に配した豪奢な部屋です。

当時は**ロココ**がブームだったので、他の部屋も**ゴブラン織の間**とか、大体が装飾過剰。

マリア・テレジアの持ち物には日本の**伊万里焼**なども含まれますが、これを彼女は「インド製よ」と自慢していたらしい。ロココには**シノワズリ**、中国趣味が多用されますが、当時は**シルクロード**から来たということでインドも中国もごちゃ混ぜ、ましてや日本なんてインドの1区画くらいの認識だったのでしょう。

王位を継承したものの、カール6世の治世時、オーストリアは財政難にあえいでいました。もらって嬉しかったものの、マリア・テレジアは新しい自分の邸宅として**宮殿**を改装するに充分な資金を持ちませんでした。

そこで止むなし、元の宮殿の使える部分はそのまま使い、予算をかけず**リフォーム**することにしたのです。

倹約は敬虔な**カトリック**教徒である彼女の信条にもかないました。

そのような訳で、**ヴェルサイユ宮殿**のようにしたいなーと願いつつ、1686年、**バロック王**の異名もとる**レオポルト1世**が改築した時の**バロック様式**も、シェーンブルン宮殿は多く残します。宮殿外壁を黄色く塗ったのも、金色にしたいけど予算ないし……の理由。でもこれが後世、**テレジア・イエロー**として定着するのですから、歴史は不思議です。

改装の成功は、**ニコラウス・バカッシ**という建築家の力によるところが多く、バカッシは密談の部屋にリフトなど、マリア・テレジアの思い描く宮殿の構想を次々、具現化していきました。確かに天才的な建築家、しかし建築家はバカッシだけではありません。夫のフランツ1世は余りに妻がバカッシにばかり依頼するので、他の建築家も擁護せねばと自身が気にかけていたジャン・ニコラ・ジャドの起用を忠言します。でも聞く耳を持たれない。

しょうがないのでフランツ1世は、ジャドに宮廷メナジェリーの設営を依頼する。宮殿の建築には口を挟めずとも、庭にそれを作るくらいは自分の権限でやれる。

うう、やっぱり入り婿って辛いですよねぇ。

フリードリヒ2世と闘った女傑たち

マリア・テレジアが即位したのと同年、父の崩御に伴いプロイセンでは**フリードリヒ2**

世が国王の座につきます。この2人は5歳しか違わないですが、即位してから約20年間、因縁のライバルとしていがみ合います。

カール6世の死後、やっぱり女帝はよくない、皇位継承を認めて欲しいなら資源豊かなシュレージエンを割譲しろと、フリードリヒ2世はマリア・テレジアに要求、拒まれるとオーストリア領に進軍します。

このプロイセン軍に、遡れば15世紀、**マルグリット・ドートリッシュ**（**オーストリア大公女**にして**ブルゴーニュ公女**）を次期王、**シャルル8世**の嫁にしようと強引に連れ去って以来、オーストリアとの仲が険悪となってしまったフランスが加担。マリア・テレジアはロシア、イギリスの支援を受け、応戦することとなります（**オーストリア継承戦争**）。

マリア・テレジアは最初、どう指揮をとればいいのかチンプンカンプンでした。しかし才覚があったのでしょう、暫くすると軍師として優れた采配を振るい始めます。

オーストラリア継承戦争でプロイセンに奪われたシュレージエンを奪還しようと1754年、**七年戦争**（1756〜63年）を始める前、和解出来る筈がないと思われていたフランスの**ブルボン家**と手を組みます。

彼女はフランス国王、**ルイ15世**の愛人、**ポンパドゥール夫人**と通じ、一緒にプロイセンをやっつけようぜと呼びかけた。

マリア・テレジアは王族として一夫一妻制を遵守すべきとカトリックの教義を大事にした人でしたので、ポンパドゥール夫人の助けを借りるは不本意、しかし、何世紀にもわたる国同士の確執を取り除くには保守を優先する国王より聡明な娼婦の方が頼りになる――と腹を括ったのでしょう。ロシアの女帝**エリザヴェータ・ペトロヴナ**もマリア・テレジアを支援しました。理由は単純。「フリードリヒ2世が嫌いだから」。

フリードリヒ2世は女性蔑視の言動が頻繁だったので、フランスにて国王の愛人、ロシアにて女王、立場が違えど2人の女子から嫌悪されていたらしい。

七年戦争はプロイセン側が勝利しますが、それでもオーストリアでは今もマリア・テレジア、絶大な人気を持ちます。一方、勝ったフリードリヒ2世は文武両道の名君として多く功績を残しているのですが、**ヒトラー**に心酔されてしまったというありがた迷惑もあり、祖国、ドイツですら人気者とはいいがたい。

そういえばシェーンブルン宮殿にはマリア・テレジア以上に興味をそそるお姫さまが住んでいました。**ナポレオン**に嫁がされた**パルマ女公**の**マリー・ルイーズ**。

この人、**フランツ2世**の娘としてシェーンブルン宮殿に住むんですが、幼少期、ナポレオンの進軍により2度も宮殿から追い出されてるのですよ（古い漆の間と名付けられた部屋の横がナポレオンが寝起きに使った部屋らしい）。ですから子供の頃、ナポレオンは悪魔と教えられ、ボナパルトと名付けた人形を殴ったり踏んだりして育つのです。

ナポレオンは彼女を気に入ったし、結婚してからは想像ほど悪人でなかったと多少、彼女もナポレオンに気をゆるすのですが、最後まで恋愛感情は抱けなかったらしい。だって彼女がシェーンブルン宮殿が恋しくて泣いていると、ナポレオン、シェーンブルン宮殿の模型を作って慰めたりしたので……。

宮殿の模型なんて、女のコが喜ぶ訳ないじゃん！

ルイ15世はダメな王さまでしたが、同盟を結ぶことになったマリア・テレジアに、あなたの為だけに作らせましたと、モチーフがリボンの185点にも及ぶ陶器セットを贈呈しています。ナポレオンにせよフリードリヒ2世にせよ、武芸には秀でれど乙女心が解らぬので女子からは疎まれる。

「故郷には戻せぬが庭園に咲いていた花を取り寄せよう」とかいえば、株が上がったのに……。ナポレオン——英雄なのにとても残念な人です。

Elisabeth & Schloss Neuschwanstein

エリザベートと
ノイシュヴァンシュタイン城

シシィとルードヴィヒ2世

オーストリア皇妃**エリザベート**の生涯を描く**宝塚歌劇**公演『**エリザベート—愛と死の輪《ロン》舞《ド》—**』は1898年、旅行先のジュネーヴのレマン湖の畔で、彼女を刺殺した暗殺者**ルイジ・ルキーニ**の登場で幕があきます。かなり陰鬱の作品ですがとても人気が高い。

麗しきお姫さまのお手本ともいえる風貌、数々の慈愛に満ちた言動と共に、悲劇的な宿命と奇行、矛盾するエピソードを合わせ鏡のように抱える彼女を語ろうとすると、このようなスタイルをとるしかないか……。

失礼、宝塚歌劇にもエリザベートにも詳しくない僕の私見などどうでもいいですね。

僕は関西の出身ですので宝塚歌劇は身近な存在でした。子供の頃、本拠地の**宝塚大劇場**にはまだ3階に**天井桟敷**のような席があり、当日にぶらりと行っても観劇はやれました。**宝塚ファミリーランド**の敷地内にありましたので、遊園ついでに覗く人も多かった。観劇料もべらぼうに安かったです。

加えて週末にはテレビで毎週、舞台中継が流されていた。

宝塚市出身の**手塚治虫**が『**リボンの騎士**』の着想を宝塚歌劇から得たのは有名ですが、お姫さまを描き続ける**高橋真琴**も大阪市生まれ、彼に影響を与えた**中原淳一**《なかはらじゅんいち》の奥さんは**宝塚歌劇団**のスター、**葦原邦子**《あしはらくにこ》です。そう考えると自分のお姫さま（そして**ロリータ**趣味）好きは環境によるのかもと思わされます。

生まれ育った**ポッセンホーフェン城**、結婚して住むことになった、現在は**シシィ博物館**がある**ホーフブルク宮殿**、そのホーフブルクより**マリア・テレジア**同様、好んだといわれる**シェーンブルン宮殿**、**シシィ**（エリザベートの愛称）ゆかりの**お城**や**宮殿**は多いですが、熱狂的ファンを持つ彼女について今更目新しいことを書ける筈もないので、彼女の従姉弟である**ルードヴィヒ2世**の**ノイシュヴァンシュタイン城**を立て、ごまかしましょう。

1864年に**バイエルン国王**として皇位を継承し**ワーグナー**の擁護など芸術への激しい執着と厭人気質ゆえ〝**狂王**〟と渾名されたルードヴィヒ2世は男色家でもあり、一切の女性を遠ざけました。親族であろうと女性を疎んじたこの王が唯一、心をゆるしたのがシシィ――**ヴィッテルスバッハ家**の眷属として8歳歳上の従姉にあたる――でした。

ポッセンホーフェン城の庭を訪れ、ルードヴィヒ2世は気の合う美しい従姉と文学や音楽を語らい、**古代ギリシア・ローマ**に思いを馳せ、退屈で世俗的な自分達を取り囲む貴族社会の悪口をいいあった。

シシィが15歳で**オーストリア皇帝、フランツ・ヨーゼフ1世**に見初められ、嫁ぐことになったのを聞かされた時、ルードヴィヒ2世は激怒しながらシシィを責めました。まだ7歳だったルードヴィヒにとって彼女の結婚は裏切りでしかありませんでした。

自由を求めたシシィ

シシィとて望んだ結婚ではなかった。姉の**ヘレーネ・カトリーネ・テレーゼ**を嫁がせる為の見合いであったのに、居合わせた妹のシシィにフランツ・ヨーゼフ1世が一目惚れし、強引に彼女を娶ることを主張したのです。彼は美形だったし、悪い縁談ではなかったのですが、シシィは気乗りしませんでした。

話が全く合わないのです。私生活も軍服だったフランツ・ヨーゼフ1世は、いわば体育会系。接点は乗馬くらいしか見当たらない。

それでも親の面目を潰せず、シシィは1854年、16歳でオーストリアに輿入れします。オーストリアの国内は美しい妃が来たと大騒ぎになり、ここからシシィの言動の一挙手一投足、美人だが歯が黄色く、**オーストリア大公妃**の義母に指摘され毎日執拗に歯を磨くようになっただとか、実はレスビアン、それを証拠に**サッフォー**を崇拝し、可愛い女子の写真を集めまくっているだとか、様々な逸話が出回ることになるのですが、シシィを巡るそのゴシップの多さは彼女への注目度より、印刷技術の革新に起因すると僕は推測しています。

1843年、アメリカで輪転機による印刷が可能になります。これによって新聞は飛躍的に流通を増大させる。とはいえネタがなければ記事は書けない。そこで恰好のターゲットとなったのがエリザベートだった。

結婚してから数日もたたず、彼女は神経性の咳を患い、病床に伏せることが多くなります。義母の厳格な指導と嫌がらせに耐えられなかったとか、ウィーンの気候とホーフブルク宮殿の狭苦しさが彼女には牢獄であったとか語られますが、一番はゴシップを求める人々の群れが苦痛だったのではないでしょうか。それが証拠に、ウィーンで彼女が最も厭ったのは人前に己の姿を晒すことでした。

30歳を過ぎるあたりから美貌の衰えを気にし、おかしな美容法をいろいろと試すが功を奏さず、公衆に姿を見せねばならぬ時は扇で顔を覆った――というのが、またゴシップの材料となりますが、それは老醜の隠蔽というより図々しいメディアに対する抵抗だったと考える方が納得いきます。若い頃、己の美貌を誇ったのは事実でしょうが、老いを見苦しいとシシィは考えたでしょうか？

オーストリア軍とフランス軍との戦、**ソルフェリーノの戦い**（1859年）では**ラクセンブルク城**に臨時救護施設を作り負傷兵の看護を率先してやるような人です。生まれ育ったポッセンホーフェン城は自然に囲まれていました。時間と共に変化する万物の道理の歪曲を彼女が切望したとは思えません。

彼女の唯一の気晴らしは旅行でした。その為、ウィーンを留守にし遊び呆ける妃と悪口を書かれるのですが、彼女が行くのは常に自然豊かな場所でした。ポッセンホーフェン城に戻ることもあれば、ルードヴィヒ2世に誘われ、船で彼の父、**マクシミリアン2世**が整地したシュタルンベルク湖に浮かぶ島、**薔薇島**《ローゼンインゼル》に至り、島に咲く野生のバラの花弁の形状の神秘と蔓草《つるくさ》の逞しさを賞賛し合うこともしました。彼女はオーストリアが支配していたハンガリーを、皇帝はオーストリアだが、行政は各国に委ねるとする**ハンガ

リー独立へつながる**二重帝国**にするのを強く望みました。

従い、ハンガリーで彼女はもはや神さま扱いなのですが、どこまでハンガリーのことを真面目に思案したかは不明です。

しかしカルパティア山脈の麓の盆地の中央をドナウ川が流れ、パラトン湖もあるこの国を彼女がウィーンより素敵と感じたは間違いない。**夏の宮**として使うことになる**バロック様式**の**グドゥルー宮殿**も可愛いですしね。切手にせよハンガリーのものって、全てが微妙に出来損なっていて可愛いんですよ。可愛いものは大事にしなきゃ――シシィがそう思い二重帝国を望んだとて不思議ではありません。

夢を見続けたふたり

シシィは同性愛者だったか？　作家の乱暴な直感で申し上げますと違うと思います。
彼女は**ハイネ**の詩が好きでした。降霊術でハイネを呼び出そうとしたこともあるとか。**ロマン派**の要素が顕著な甘ったるいハイネを愛読する人がサッフォーを崇拝するのは変なんですよ。古代ギリシアの女性詩人、サッフォーは元祖レスビアンですが、シシィの時代においてもサッフォーを読むのはインテリの証だった。思春期って、こういうのを読んでるとカッコいいと無理してフェイバリットに難解な作家を選んだりするじゃないですか。

シシィも10代の頃、いきがったんだと思うのですよね。8歳歳下の従弟にお姉さんぶりたい気持ちもあって。だって、彼女が書いた詩はメチャクチャ、ハイネですよ。サッフォーの影響なんてない。もし真実、好きだったとて、それを同性愛者の根拠にされたんじゃたまらない。それなら宝塚歌劇ファンは全員、百合ってことになります。

ならばシシィとルードヴィヒ2世とはどのような関係だったのか？

ルードヴィヒ2世は**シンデレラ城**のモデルとなったメルヘン全開のノイシュヴァンシュタイン城の他、**リンダーホーフ城**、**ヘレンキームゼー城**、趣味で変なお城ばかりを建てました。ですから〝狂王〟なのですが、自己満足でそんなにも頑張れますかねぇ……。

僕は勝手に想像してしまいます。かつてルードヴィヒ2世がシシィに語った約束を。

「シシ姉、俺、王さまになったら**ヴェルサイユ宮殿**より豪華で**ヴァルトブルグ城**よかカッコいいお城建てるんだぁ」「ルドに出来る訳ないじゃん」「でもってお城の中には**洞窟**があるの」「ルドはいつまでたっても子供ね」「子供じゃない！　作ったらシシ姉、俺の妃にしてやるぞ」「その頃、私はもうお婆さんよ」

恋をするにはまだ幼く、愛を知る為には希望が多過ぎる思春期――その季節に、共犯者となったシシィとルードヴィヒ2世。

1886年、ルードヴィヒ2世が、シュタルンベルク湖で主治医**ベルンハルト・フォン・グッデン**と共に水死体で見つかった時、シシィは慟哭しながらも「彼は狂ってはいなかった。ただ夢を見続けていただけです」と彼の風評を毅然と糺しました。

結婚と共に思春期で時間をとめたシシィにとって、それを背負ったままバイエルン王となったルードヴィヒ2世は、約束を守り通した騎士の中の騎士であったに違いない。

間柄をそれ以上に詮索するのはくだらない――。

僕らは死者の名誉を守るべきでしょう。

第3章

ヴェルサイユ宮殿とお姫さま

Marie-Antoinette & Palais de Versailles

マリー・アントワネットとヴェルサイユ宮殿

世間知らずのお姫さま

ヴェルサイユ宮殿はパリから意外と遠く、電車と徒歩で片道約1時間、早い話が田舎なので一帯では英語すら通じません。

ヴェルサイユ宮殿といえば**マリー・アントワネット**ですが、彼女はフランスではさほど人気がない。正確にいえば存在感にかける。スーベニールもヴェルサイユ宮殿を作った**太陽王**、**ルイ14世**のものは多けれど、アントワネットのグッズはささやか。

澁澤龍彦の『**世界悪女物語**』でも**ルクレツィア・ボルジア**などと並び紹介されますし、かつては日本でもアントワネットは贅沢にふけり国を滅ぼした悪いお姫さまの印象でした。**池田理代子**が『**ベルサイユのばら**』を1972年に発表、74年に**宝塚歌劇団**が舞台化しなければ、僕達はいまだに彼女を「パンがなければお菓子を食べればいい」と言った非道い人だと思い込んだままだった筈です。

しかしいくら世間知らずでもそこまで暴言は吐きません。これは**ルソー**の『**告白**』にあるものを誰かが彼女の言葉にすり替えた。

ルイ14世の頃、すでにフランスは借金だらけ。次の**ルイ15世**（ルイ14世は曽祖父）の治世、フランスは最も絢爛な国の名声を諸国から得ますが、財政は更に悪化します。

解決したのは**ジョン・ロー**なる金融家。彼は「お金がないなら刷っちゃえばいい」と莫大な**銀行券**を刷り債務償還を行います。こうすると、一時景気がよくなるけれど、すぐ未曾有のインフレになる。

「ただ、ヴェルサイユ宮殿に錯誤ばかりを見て、その正確な意味をきわめようとしないことも、ただしくないと思うのだ」――**ジョルジュ・バタイユ**は、**フランス革命**は貴族の贅沢に虐げられた貧しき市民の蜂起でなく、富を蓄え力をつけた**ブルジョア階級**が王に成り代わろうとしたものであると説明します。

すなわちマリー・アントワネットが無駄遣いをし、**ルイ16世**がぼうっとした王さまだったたことは事実ながら、たまたまこの2人が妃と国王だった時にフランス革命が起こってしまった。1770年、マリー・アントワネットがルイ16世に嫁いだ時にはもうすでにフランスの**専制君主制**は崩壊するが決定していたということになります。

王宮の観劇場

ルイ15世が1715年、ルイ14世の崩御により王位を継承したのは5歳の頃。借金は残したもののルイ14世は王家盤石の政治基盤も整えましたから、摂政を必要とするも、側近に暗殺される憂いもなく成人し、多くの愛人を抱え、刹那の享楽に耽る日々を過ごします。

でもそれは同時に退屈な日々でもありました。倦んだルイ15世は狩猟をしたり**宮殿**の屋根の上にのぼったり、女官に混じって**刺繍**の腕を競いおしゃべりをしてみたり……。

彼は建築家**ロベール・ド・コット**を用い宮殿随一の広さを持つ**ヘラクレスの間**の装飾を完成させますが、基本、曽祖父の意向を引き継ぐ立場から部屋の増設は**王妃の寝殿**、**閣議の間**、宮殿のカスタムは内装の模様替えくらいにとどめ、大改築は避けました。

ロココ全盛期ですから壁紙や調度品を新調するのは楽しい作業。

しかしやっぱり王さまですし、何か建てたい。彼の願いは晩年にかないます。**アンジュ＝ジャック・ガブリエル**に宮殿の左翼、豪華な**観劇場**を作らせる。

計画は1748年からあったのですが諸事情（主に費用）で何度も頓挫していました。

しかし！　絶好の大義名分をルイ15世は得るのです！　王妃**マリー・レクザンスカ**の長男、**ルイ・フェルディナン**の息子、ルイ16世にオーストリアから**オーストリア大公、マリア・テレジア**の娘、マリー・アントワネットを娶らせることになった。結婚式はヴェルサイユ宮殿でやる。だからオーストリア大公に失礼なきよう、王室の礼拝堂を整備し直し、宮殿に新しく観劇場を作ろう！

挙式を行う**礼拝堂**をキレイにするのは解る。でも何故に劇場が必要なのか？　謎ですが、とまれどさくさで、ルイ15世はずっと作りたかった観劇場の建設を始めるのです。

それまでは宮廷のいろんな場所を代用して芝居をやらせていたが、本格的に劇場を作れば観客（といっても出入りする貴族）をたくさん収容出来る。こうして21ヶ月の突貫でありつつ1770年5月、**桟敷**席と**階段**席のある、金の**コリント式**の**列柱**に支えられ眩いシャンデリアが場内を照らす王宮の観劇場が完成します。落成式に出たある侯爵は、普通は会場を暗くし舞台を明るくするが、ここは細部まで劇場自体に施された意匠が解るよう照明の工夫がされている——と綴っています。

優雅で稚拙なお姫さま

マリア・テレジアは恋愛結婚をした人ですが、オーストリアを守る為、自分の子供達を諸国の王族と政略結婚させています。

マリア・テレジアはアントワネットの結婚に不安でした。末娘だからか勉学を怠け甘ったれて育ってしまった。嫁いでから母娘は頻繁に文を交わしますが、マリア・テレジアからの手紙の内容はほとんどお説教です。

アントワネットが宮廷に馴染み、独創的なファッション、髪型でインフルエンサーとなってからも母の叱責は続きます。

髪結師に頭の上、フランス軍の軍艦のミニチュアを載せて結わせ貴婦人達の絶賛を浴びたと聞いた時、マリア・テレジアは激昂しました。「90センチもの高さがあるそうじゃないですか。王妃にバカげた髪型は必要ありません」。

14歳でアントワネットが嫁いだ時、ヴェルサイユ宮殿は**サロン**の名のもと、女性達の派閥があらゆることを仕切っていました。新参のアントワネットはルイ15世の娘、**マ**

リー・アデライード・ド・フランス率いる**叔母《おば》派**の勢力に懐柔され、**ポンパドゥール夫人**なき後、ルイ15世の愛人となった**デュ・バリー夫人**の勢力と対立を余儀なくされます。

殴り合う訳ではない。会っても挨拶をしないとか、そういう女子特有の意地悪合戦、陰口の言い合いをするのです。しかしその積み重ねが、**首飾り事件**（デュ・バリー夫人の為、ルイ15世が注文したが彼が急逝し買い主を失った160万ルーブルの首飾りをアントワネットの友人と称す**ジャンヌ・ド・ラ・モット伯爵夫人**が**ロアン枢機卿**に、宝石商から買わせ騙し取る。アントワネットの無罪は証明されるが、この伯爵夫人とアントワネットが百合との噂が広まる）へと、つながっていく。

ピエール＝ジョゼフ・ルドゥーテに絵を習うものの飽きて上達しない、本は一冊も読み通せない忍耐なきアントワネットは、1つ歳上の夫ルイ16世同様、ぼうっとしていたので、鵜の目鷹の目のサロンでは誰かに利用されるばかし。ですからそのうち彼女は、かつてポンパドゥール夫人邸として建てられた敷地内の**離宮**、**プチ・トリアノン**にこもり、そこでルソーの「自然に帰れ」を実践しようとするのですが、わざわざ質素でボロく見える**水車小屋**や**釣り小屋**を新たに高額で建て、農家ごっこをするなどやっぱり実践方法を間違えてしまう。

１７７４年、ルイ16世の即位に伴いフランス王妃となり、１７８９年にはフランス革命で身柄を**テュイルリー宮殿**に移され、**フェルセン伯爵**の助けでルイ16世と子供達、ルイ16世の妹、**マダム・エリザベート**らとフランス脱出計画を実行に移すものの途中で捕まり失敗（**ヴァレンヌ事件**）、**親国王派**《しんこくおうは》からも愛想を尽かされ、最終的に１７９３年、37歳でギロチン台にのぼるアントワネットの人生は、悲劇的というよりどこか稚拙。

子供の為とはいえテュイルリー宮殿から逃げなければそれなりに威厳が保てたでしょうし、逃げるなら捕まらねばよかった。アントワネットがいろいろ注文をつけたせいで逃亡は失敗したと考える人達もいます。

裁判は処刑ありきで行われたし、脱出計画もどこまで事実かは不明ですが、しかし、ギロチン台での最後の言葉が、死刑執行人の足を踏みつけたことに気付き「わざとじゃないです、ムッシュ」と言ったのは真実であって欲しいです。

ぼうっとしていた人だし、足くらい踏みます。

よく考えるとこの人の悪い風評、真贋はともかく全部、可愛いんですよね。

ハープを弾けたというのも怪しい。あれって触れば音、出るし……。でも彼女がサロンのファッションリーダーだった時期があるのは確かで、19歳の時、**ローズ・ベルタン**

というクチュリエールを彼女はデザイナーとして擁護したらしい。ベルタンは貴族の女子のドレスしか注文を受けず、ブルジョア階級がいくら多額の報酬を提示しても拒否をした。彼女のメゾンの前を馬車で通る時、アントワネットが**バルコニー**にいるその姿を指差すと、ルイ16世すら尊意の拍手を贈った。

ルイ16世の妻ですしヴェルサイユ宮殿のサロンで彼女はどの男子に取り入る必要もなかった。女子の動向は気にしなければならないけど、そこで誰かを貶めたり誰かにへつらう機転は持たない。結果、彼女が周囲を唸らせるにはファッションしかなかった。

裾が異常に膨らんだ**ローブ・ア・ラ・フランセーズ**を捨て、いち早く**シュミーズ**っぽい**エンパイア・スタイル**に趣味を移したのも彼女ですしね。——こういう人とはお友達でいたいものです。

ポンパドゥール夫人と
プチ・トリアノン
Madame de Pompadour & le Petit Trianon

影の施政者・ポンパドゥール

マリー・アントワネットが**ヴェルサイユ宮殿**に嫁いだ時、**デュ・バリー夫人**ではなく**ポンパドゥール夫人**がいたなら、彼女の生活はまるで違ったと考えることがあります。

ルイ15世の公妾という立場ながらポンパドゥール夫人とデュ・バリー夫人はまるで性質が異なる。前髪を膨らませたドレッシーな髪型の考案者として名を残すポンパドゥール夫人は、平民の生まれ、ヴェルサイユ宮殿の南と左をつなぐ**鏡の回廊**——全長73メートル、17の**アーチ**のある**高窓**、対峙する17の**アーケード**には375枚の鏡が嵌め込まれている——で**仮面舞踏会**が行われた際、すでに2人の子を持つ人妻であったにも関わらずルイ15世の目にとまり（この時、彼は臣下と共にイチイの木というマヌケな仮装をしていた）、次に会った時はわざとハンカチを落として気を惹き、まんまと国王の寵愛を受けるに至るしたたかな女性ですが、美貌と共に豊かな教養を持ち、審美眼にも秀でていました。

ロココの代表画家、**ヴァトー**、**フラゴナール**などを擁護し、無名の哲学者**ディドロ**に**ダランベール**と『**百科全書**』の編纂をさせ、優れた陶器は中国に頼っていた頃、王宮御用達の**ヴァンセンヌ窯**をヴェルサイユに近いセーブルに移し、**セーブル焼き**としてを発展させたのもポンパドゥール夫人（セーブル焼きのピンクは**ポンパドゥール・ピンク**と呼ぶ）です。

ヴェルサイユ宮殿の**サロン**でロココ文化を熟成させた首謀者こそがポンパドゥール夫人。彼女は政治にも口出しし、**シャルル・ド・ラ・フォッス**が描いた**天井画**のある**アポロンの間**でルイ15世が臣下に勅令をくだす時は常に横に座っていました。でしゃばりではなく、ルイ15世が一緒にいてね、と頼んだのです。

ルイ15世は政治が苦手。芸術や学問にも疎かった。彼の関心は狩猟とエロいことだけに向けられていました。ポンパドゥール夫人の導きでようやくそれらに通じるようになった。ですので彼女が死去し、やはり平民で娼婦のデュ・バリー夫人を公妾に据えると単にエロい人に戻ります。

「60歳を過ぎた俺を元気にするあの女の技はスゴい」、自慢していたそうですので、ホント、ルイ15世はダメな王さまです。

聡明で美しい、建築好きのお姫さま

神童**モーツァルト**は父親に連れられ**シェーンブルン宮殿**で**マリア・テレジア**に演奏を披露した経験を持ちます。演奏後、マリア・テレジアの膝に載せられキスをもらったのは有名なエピソードですが、この時、幼いマリー・アントワネットも一緒に演奏を聞いています。モーツアルトはヴェルサイユ宮殿でルイ15世とポンパドゥール夫人にも演奏を聞かせています。モーツァルトの父はポンパドゥール夫人の印象を聡明で美人、どこかマリア・テレジアを思わせる——と手紙に書いています。

アントワネットはぼうっとしていて覚えてないかもしれねども、まだ**宮殿**にいたならその話を、夫人はアントワネットに振ったでしょう。策略家ながら気遣いも出来る人、夫人は異国の王室に嫁いだアントワネットに親切に接し、上手く関係性を築いた筈です。

「本が読み通せないなら漫画を読みなさい」と『**ベルサイユのばら**』を貸したりもした筈。オシャレに敏感なアントワネットと、センスのかたまりの夫人は、仲良くやれたに違いありません。

しかしポンパドゥール夫人は1764年、42歳で亡くなりました。花の盛りを過ぎ、ルイ15世とベッドを共にするはなくなりましたが、ルイ15世のエロさは承知していたので自ら女性達を吟味し与え、政治や宮廷の相談役として仕えるようになっていました。

ルイ15世が感謝の気持ちとして、彼女に**離宮**、**プチ・トリアノン**を与える計画を立て（夫人はルイ15世よりも建築好きで、**エリゼ宮殿**など多くの建物を作っている）、1762年、**アンジュ＝ジャック・ガブリエル**に建設を依頼しますが、完成（1768年）を待たずポンパドゥール夫人は死去。所有者は1769年よりデュ・バリー夫人となります。

嫁いできた時、14歳のマリー・アントワネットは夫の祖父にあたる国王ルイ15世の横で恭しく扱われるデュ・バリー夫人がどういう立場の人物か見当がつけられず、側近に「何をする人？」と聞いたらしい。聞かれた方も夜のお友達とはこたえられず、口ごもるしかなかった。

デュ・バリー夫人も如才のなさではポンパドゥール夫人にひけをとらず、気さくな人としてサロンの票をかためるのを上手くやりましたが……**叔母派**に懐柔されずともアントワネットはこの新しい公妾を最初の印象でよく思わなかったのではなかろうか。

新古典主義の手法で**ロココ建築**の最高傑作と呼ばれるプチ・トリアノンが、アントワネットの所有となるのは1774年。即位し国王となった**ルイ16世**からアントワネットへ19歳の誕生日の記念にと贈られた。アントワネットはこの**離宮**が大好きになります。**ルソー**の「自然に帰れ」に倣い離宮の周囲を農村風にし、一帯を**ル・アモー・ドゥ・ラ・レーヌ**――〝**王妃の村里**〟にするべく**フランス式庭園**を**イギリス式庭園**に作り直したり様々なカスタムを行います。アントワネットは1780年、**劇場**まで建て、自ら農家の娘に扮しお芝居を演じることにも熱中しました。

田園風景の中のロココ

荘厳な**バロック**の後、反動のように登場するロココの文化は曲線の多様、官能の重視と甘美な色彩というふうにフェミニンを際立たせ花咲きますが、岩や貝殻などに見られる非対称フォルム、**ロカイユ**（rocaille）を語源とします。

時に軽薄と揶揄される形式ですが、ロココの時代、貴族達はその贅沢と華やかさを田園生活への憧憬にも結びつけました。

ルソーが発達する都市文明への警告として発した「自然に帰れ」――が皮肉なことに貴族達の間では、長いドレスの裾を引きずりパラソルをさしながら、しゃなりしゃなり、田舎をお散歩するのがスノッブと受け止められ、ブームとなってしまうのです。

これはお金持ちが軽井沢に**別荘**を持つのとも少し異なっていて、ロココの頃の貴族の田園志向は究極の悪趣味、退廃が根底にあったと考えた方がよいでしょう。実際、農村に住む人達にとっては迷惑千万な趣味でした。

だって畑仕事をしているところにいきなし派手なドレスの一団が現れ、手伝う訳でも褒美をくれる訳でもなく、自分達の様子を見て、オホホホホ、優雅なこととのたまい、丘陵などを見つけるとそこで勝手にピクニックを始めたりしてしまうのですから……。

アントワネットのプチ・トリアノンにおける田園風生活も例にもれず、貧しい外観の小屋を建てつつも一歩中に入れば、豪華なシャンデリアと大理石のマントルピースの暖炉が設えられるが当然となっていました。機会がなかったので助かりましたが、実際、これを農村の人達が目にしていたら**フランス革命**を待たず、殴り殺されていたでしょうね。

バロックからロココへの過程で建築や美術には**マニエリスム**という流れが現れます。説明しずらい風潮ですが、本当に開けられるような壁に描かれた扉の絵――**騙し絵**（**トロンプ・ルイユ**）ってあるじゃないですか。あれはマニエリスムの一種です。

アントワネットが自分の為に建てた劇場（身内しか招待しない）は、内装こそヴェルサイユ宮殿、ルイ15世の**観劇場**を真似た豪勢なものでしたが、しかし入り口しか見えぬよう外観を木々で覆ってそこに建物なぞないよう装ったり、壁には騙し絵があったりするおかしな建物でした。

僕は**少女趣味**とは本物の瀟洒《しょうしゃ》なダイヤモンドよりインチキ臭いがバカデカいプラスチックのおもちゃの宝石を優先するものだと思っています。

マリー・アントワネットはまさにこの少女趣味に生きた王妃なのではないでしょうか。本物の宝石なぞいつでも入手出来る環境に育った彼女は、チープながらそれよりも一層ロマンチックな紛い物に心を惹かれた。真実の風光明媚《ふうこうめいび》よりも騙し絵じみた劇場のカキワリにときめく少女趣味――。

ですから審美眼を極め真のエレガンスを追求したポンパドゥール夫人と彼女が協力していたら、ロココは更にスリリングな展開をみせたと想像するのです。

厳格なマリア・テレジアは立腹でしょうが、かつてプロイセンに対抗する為、ポンパドゥール夫人に協力を求めた恩義もあり、頭ごなしに娘の遊興を叱ることもやれない。

「あなたのニセモノ崇拝は素敵よ。でも真の奢侈《しゃし》が必要だと思うの」、ポンパドゥール夫人はそう言い、アントワネットに本物のマカロンで**お菓子の家**を建てさせ、一緒に食べては作るを繰り返したかも。

この2人のロココ体制——鉄板ですよ。

マリー・テレーズ・ドートリッシュとフォンテーヌブロー宮殿

Marie Thérèse d'Autriche & Château de Fontainebleau

ロココの時代総括

ロココの時代はザッに括れば**ヴェルサイユ宮殿**を作った**ルイ14世**、そこで生まれそこで死んだ**ルイ15世**、**フランス革命**でギロチン台にかけられた**ルイ16世**の治世期間。

ルイ14世は**ルーブル宮殿**、**パレ・ロワイヤル**、**テュイルリー宮殿**、**フォンテーヌブロー宮殿**など様々に居を移し改築を試みるも納得がいかず、最終的にヴェルサイユ宮殿建設に至るのですが、議会はいい顔をしませんでした。国庫にお金がなかったからです。

しかしルイ14世にも言い分がある。ルイ14世はパリから離れた場所に**宮殿**を構え、臣下も界隈に居住させ、毎日、挨拶に来るのを強要しました（遠方の者は馬車で来させる）。そこで国王に気に入られれば出世出来る——貴族達は武芸に優れることより日々のご機嫌とりに心血を注ぐようになります。こうすれば**クーデター**の心配がない。

徳川家康の**江戸幕府**での参勤交代に似ていますね。ルイ14世は5歳で即位（1643年）し**ジュール・マザラン**が実質上、宰相として政治を牛耳ることになった際、王への不満をつのらせた貴族に反乱を起こされた（**フロンドの乱**）経験を持ちます。ですので列強より臣下を恐れた。厳しいだけでは不平をこぼされるので自ら派手なファッションに興じ「みんなも楽しもうね」と臣下にも享楽を勧めた。

飴と鞭の骨抜き作戦です。でもまさか次の王、ルイ15世が女官と**刺繍**に興じるダメな王になるとは予見出来なかったでしょうね。

しかし刺繍の腕を競うのは当時、立派な技芸でした。**アンヌ・ド・ブルターニュ**、**ルクレツィア・ボルジア**……時代と国を問わず、刺繍に秀でたお姫さまは大勢います。**マリア・テレジア**も刺繍を施した贈り物をするくらい腕は達者でした（娘の**マリー・アントワネット**はダメだったと思う。彼女がやれたのは当時、**サロン**にて丸、楕円、好き勝手に作られていたハンカチの形を四角に統一との決定をくだしたことくらい）。

魏瓔珞も**紫禁城**の刺繍女官として腕をかわれ出世するし、刺繍はとても大事です。

宮殿の地はそもそも**ルイ13世**の狩猟用の**別邸**でした。この住まいは、どんな田舎貴族の城にも劣ると大爆笑されるほどにオンボロでした。しかしルイ13世は侮辱に耐え、庭に花を植え、少しずつ**お城**を設備していった。

ルイ13世の死後、この地は忘れられてしまうのですが、そこをルイ14世がヴェルサイユ宮殿として蘇らせます。ルイ13世はルイ14世の父親。戦略と共に父の名誉を回復したかったのかもしれません。

1661年、**ルイ・ル・ヴォー**が建築、**アンドレ・ル・ノートル**が造園を任されます。完成を待てず（**鏡の回廊**にはまだ足場が組まれていた）、ルイ14世は当時、住んでいた**サン・クルー宮殿**から1682年、ヴェルサイユ宮殿に引っ越します。**寝室**はあるものの工事がうるさくて眠れない。それでもルイ14世はパリに戻ろうとしませんでした。

太陽王の色情

フォンテーヌブローの森にあるフランス最大のフォンテーヌブロー宮殿は16世紀、**フランソワ1世**がイタリアより建築士を呼び建てたさせた**ルネサンス様式**の豪奢な宮殿です。ルイ14世は秋の狩の季節、ここを宮殿として用いました。
マリー・アントワネットの**寝室**もあります。ルイ16世と結婚したアントワネットはここに住む予定もあったのですが結局、一度もこの寝室で寝なかった。**ドンジョン**のある楕円形の**中庭**、2階に設けられた巨大な**舞踏会**の**広間**――フォンテーヌブロー宮殿は宮殿の中の宮殿といって過言ではない。どうしてルイ14世は気に入らなかったのだろう？

1660年、ルイ14世はスペインから妻として**マリー・テレーズ・ドートリッシュ**を迎えています。彼女は**スペイン王**、**フェリペ4世**の娘でスペインの王位継承者でもありました。ですから当然、政略結婚ですが結婚を控えたルイ14世には恋人がいました。

相手は宰相の立場にいるジュール・マザランの姪、**マリー・マンシーニ**。2人は愛を誓い合っていたのですが、ルイ14世にはスペイン王の眷属（マリー・テレーズは父のフェリペ4世の後妻が男子を出産、王位継承の順番が遠ざかったばかりだった）を娶らせるのが適切とする周囲に、仲を裂かれてしまいます。

ルイ14世は抵抗したけれど、国王の立場を優先するしかなかった。幸い、マリー・テレーズは地味だけど美人で性格もよい。信仰も厚く王妃としては最適の女性でした。

しかし、結婚の翌年、1661年にマザランが死に、国政を自らが牛耳《ぎゅうじ》ることになると、ルイ14世、ヴェルサイユに宮殿を作ると言い出したり、マリー・テレーズが懐妊中であるのをいいことに、フォンテーヌブロー宮殿で自分の弟、**オルレアン公**、**フィリップ1世**の妻である**アンリエット・ダングルテール**に手を出したり、やりたい放題になっちゃうのです。

いくら国王でも弟の嫁はマズい——側近達が気を利かせ、浮気相手はアンリエットではなく彼女の女官のルイーズ・ド・ラ・ヴァリエールであると醜聞をごまかそうと工作したら、今度はそのラ・ヴァリエールにも手を出してしまう。

ルイ14世の行動は最悪なのですけれども——こう考えることも出来る。14世さん、実質の国王になってブチギレたのではないかと……。国家の為にマリー・マンシーニを諦めましたよね。マザランはそのマリーを戻ってこれぬよう遠い大西洋岸の港町、ブルアージュに追放しちゃっているのです。奸計をはかったマザランがこの世を去った時、14世の心には、ぽっかりと穴が空いてしまった。

こうして王になったが、俺の得たものはなんだ？　俺はマザランの手の中で踊らされていただけではないのか？　スペイン王の娘との結婚だってマザランが決めたものだった……。あー、俺、もう全部がイヤになった。

ロココが優雅と共に退廃を抱えるのは、この太陽王と呼ばれたルイ14世の心に宿った厭世に原因があるのかもしれないです。

歴史に埋もれるお姫さま

運命の悪戯か、放置されていたヴェルサイユの地を初めてルイ14世が視察した時、彼は新妻のマリー・テレーズ・ドートリッシュを同行していました。ルイ14世は以降も浮気に明け暮れますが、マリー・テレーズは夫のそれを咎めず耐えました。

王の寵愛をかさに着てヴェルサイユ宮殿で高慢の限りを尽くした**モンテスパン侯爵夫人**が養育係として雇っていた**マントノン侯爵夫人**が、モンテスパン侯爵夫人のかわりにルイ14世の寵愛を受け、信仰深かったマントノン侯爵夫人がその罪に苦悩しているのを知ると、マリー・テレーズは、相談相手として侯爵夫人に慈悲の手を差し伸べました。そしてこの時ばかりは夫であるルイ14世を叱りつけました。「彼女の気持ちも少しは考慮してあげなければなりません」。

最初から凛とした態度をとれていたのではない。

嫁いできた時、マリー・テレーズはほとんどフランス語が解らなかったものですから、**サロン**でも孤立し独りぼっち。夫の浮気に耐えられなくなると、ルーブル宮殿に近い**カ**

ルメル会修道院に行き、そこで泣いていたといいます。

マントノン侯爵夫人の件で怒られてからはルイ14世も彼女に尊意を抱くようになったようで、1672年から始まる**オランダ戦争**に際しては、留守にする自分の代わり統治を任せると事実上の委任をしています。フランスには女性が国を治める前例がありませんので、勅令としてはあやふやな文言しか残されていませんが、当時、議会においてはマリー・テレーズ・ドートリッシュが全権執行の立場となることに些かの異議も出ませんでした。

それでもルイ14世との間にもうけた子供は6名中5名が夭折《ようせつ》でしたし、スペインとの和平の為に嫁いだのに、オランダ戦争はなりゆき、フランスとスペインを敵同士にすることになってしまうし、マリー・テレーズにとってルイ14世との結婚は悲劇でしかなかったのです。44歳、ヴェルサイユ宮殿で亡くなる際、マリー・テレーズはこう言い残しています。「結婚してからいいことなんてひとつもなかった」。

ルイ14世も慚愧《ざんき》の念を重く感じた。喪に服した後、マントノン侯爵夫人と秘密結婚をします。正式な妻はマリー・テレーズのみ、侯爵夫人の信仰心を考慮すれば公妾の身分は与えられない。秘密結婚はルイ14世の亡き妻に対する最大の誠意でした。

絢爛《けんらん》かつ浮薄《ふはく》なロココ、その潮流に乗じなかったマリー・テレーズ・ドートリッシュは、ともすれば歴史に埋もれる話題性のないお姫さま。

しかし、たまに彼女のことを思い出してみるのは、無駄なことではありません。

エリザベッタ・ファルネーゼとラ・グランハ宮殿

Elisabetta Farnese & Palacio Real de La Granja de San Ildefonso

宮殿は〝庭ありき〟

ヴェルサイユ宮殿が諸国の王さまに与えた影響の大きさは計りしれません。現在は**庭園**を含め約1000ヘクタールですが、**フランス革命**以前は7800ヘクタール、ほぼパリと同じ敷地面積でした。とにかく広い！

僕達は**宮殿**の豪華さを論じがちですが、かつての宮殿は庭園とセットです。**ルイ14世**時代、ヴェルサイユ宮殿の庭園を担当した**アンドレ・ル・ノートル**は**ルイ13世**がこしらえた前身の庭園を改良し花壇を倍増させました。すると、宮殿が庭に比べてショボく見えてしまった。仕方ないのでルイ14世は宮殿も大きくすることにした。本末転倒ですが、それくらい宮殿は〝庭ありき〟でした。

ヴェルサイユ宮殿を訪れた人々が最初に驚くのは庭園の素晴らしさでした。宮殿に至るまでの景色を馬車の車窓から眺める時、「勝てない……」と思う。**お城**や宮殿は力の誇示と同時に、歯向かうのは不可能と相手をめげさせる守備の道具でもあったのです。

ヴェルサイユ宮殿がスゴいという噂は瞬く間にひろがり、各国の王さまはこぞってヴェルサイユ宮殿を模した宮殿を建て始めます。

ヴェルサイユ宮殿を目指して

ナポリ王、**カルロ7世**は1752年、**ルイージ・ヴァンヴィテッリ**に**カゼルダ宮殿**（『**スター・ウォーズ**』のロケ地でも有名）の建築を依頼しました。白亜の宮殿には大理石がふんだんに使われ、ここの**英国式庭園**はヴェルサイユ以上との評価すらあります。

しかし、この宮殿は公共の**大学**、**劇場**、**庁舎**などの施設（王家専用ではない）を組み入れた**複合施設**、いわば宮津の**ミップル**みたいなもので、あろうことか王さまの部屋が2階なのに不特定多数が出入りする**図書館**が3階にあったりするのです。

建築家はヴェルサイユ宮殿を模倣するものの模型でしかそれを知らなかったので、部屋割りを間違えた。

マリア・テレジアもヴェルサイユ宮殿に倣い**シェーンブルン宮殿**を改築していますし、マリア・テレジアと**ポンパドゥール夫人**達から憎悪された**プロイセン王**の**フリードリヒ**

2世にしろ、夏の**離宮**、**サンスーシ宮殿**を**ロココ**に改造しちゃっています。

シシィこと**エリザベート**も**グドゥルー宮殿**をヴェルサイユ宮殿っぽくしました（費用が足りず**バロック様式**に変更）。狂王**ルードヴィヒ2世**に至っては、真似た**リンダーホーフ城**を作るのみならず、ヴェルサイユ宮殿の完コピ、**ヘレンキームゼー城**を建てている。

スウェーデンの**ドロットニングホルム宮殿**は**北欧のヴェルサイユ**と呼ばれます。

1744年、**スウェーデン王、アドルフ・フレドリク**に嫁いだ**ロヴィーサ・ウルリカ**も、16世紀に建てられた宮殿をやはり、流行にのってロココにカスタムしてしまっている。

彼女は**シノワズリ**も取り入れたく、敷地に、赤い壁に緑色の屋根のどうにもインチキ臭い**中国離宮**も建てています。もしポンパドゥール夫人が見たなら、「ホホホ、センス悪いですわねぇ」とバカにしたでしょう。ちなみにこの人、フリードリヒ2世の妹さんです。

スペインにもやはり**ラ・グランハ宮殿**というヴェルサイユ宮殿に似た建物があります。ヴェルサイユ宮殿の傍流としてはこれが最も正統な建物かもしれません。なにせ、作ったのは**フェリペ5世**——ルイ14世の孫にあたる人だからです。幼少期を過ごしたヴェルサイユが忘れられず、彼は**修道院**であった建物を1721年、改築せよと命令をくだした。

宮殿改装はスペインの建築家にあたらせましたが、庭園はフランスより建築家、**ロベール・ド・コット**、造園師として**ルネ・カルリエ**を呼びます。ヴェルサイユの庭には**噴水**、彫刻が至るところに設置されていますが、この制作にあたってもフランスから職人を招集した。

フィリペ5世はフランスからスペインへと渡り、1700年、**スペイン・ブルボン朝**、初の王として**スペイン王**になった人です。彼は政治に興味を持たず内気。幼少より心の病を抱えていました。

そんな人がなぜ、違う国の王さまになれたのか？

全てはルイ14世の悪知恵です。

女傑と青いダイヤモンド

ルイ14世はスペインを手中に収めたく**スペイン王**であった**カルロス2世**（スペイン・ハ

プスブルク朝）が崩御すると、彼に嫡子がないのをいいことに孫のフェリペ5世を、後に据えます。カルロス2世の死は**ハプスブルク家**の断絶でもあったので、フェリペ5世に継がせれば、自身の**ブルボン家**がスペイン・ブルボン朝として勢力を広げる。

無論、異議なし！　でそんな都合のいい話が各国に通る筈はなく、**スペイン継承戦争**（1701年）が起こりますが、ハプスブルク家が再興するよりはいいか……との思惑もあり結局は、フェリペ5世がスペイン王として承認されることとなります。

しかし、フランスとの和平のためにオーストリアから**マリー・アントワネット**がフランスへ嫁がされるのと同様、フランスからスペインに駒がわりにつかわされたフェリペ5世（17歳で即位）はなーんにも出来ない。

国政は枢機卿**ジュリオ・アルベローニ**とマドリードの宮廷、議会が仕切るし、第一、スペイン語が解らない。そんな彼をサポートしたのは、王となってもスペインまで一緒についてきた乳母兼、教育係の**ウルシノス夫人**でした。彼女はジュリオ・アルベローニと巧みに関係を築き、自らの発言権を着実に大きくしていきます。

そして彼女がジュリオ・アルベローニと共にフェリペ5世に妃として推薦したのが、**パルマ公、ラヌッチョ2世**の孫にあたる**エリザベッタ・ファルネーゼ**。

フェリペ5世は1701年に**サルデーニャ王**となる**ヴィットーリオ・アメデーオ2世**の娘、**マリア・ルイーザ・ディ・サヴォイア**と結婚したのですが、1704年、彼女は25歳の若さで死去。フェリペ5世はこの妻を大変気に入っていたので悲嘆——。

ウルシノス夫人はすぐ新しい嫁を与えねばと、エリザベッタを選考した。

前妻に比べるとエリザベッタは、丈夫そうだったので——。

1714年、21歳のエリザベッタはフェリペ5世に嫁ぎますが、彼女、丈夫どころか勇まし過ぎました。自分が王妃だ、お前は口出しするなと、宮廷からウルシノス夫人を追放するし、1718年に始まった**四国同盟戦争**《しこくどうめいせんそう》では自ら軍隊の指揮をとり、敵と戦います。絵に描いたような女傑です。

20歳歳上の夫が「ラ・グランハ宮殿、作りたいよぅ」と言えば、「よっしゃ。任せときなはれ」といろんな用意も整える。子供も7人産みました。うち6人を成人させていますので、やっぱり頑丈な人だったのですね。

語学も数カ国語をマスターしていて文学、歴史、音楽、絵画……なんでもこなせるスペックの高さ。大食いなのが玉にきず、多少ふくよかな容姿でしたが、この頼れる嫁にフェリペ5世はすっかりなついてしまいます。

でも妃に任しておけば万事問題なしという状況が逆によくなかったのでしょうか？フェリペ5世は1724年、急に長男に王位を譲り、自分はラ・グランハ宮殿に引きこもります。その長男が7ヶ月で流行り病にかかり、死亡したので仕方なくまた王さまに戻るものの、以降、終始精神状態は不安定なまま。

この厄介な夫を支えつつ、エリザベッタは実質、女帝として国を動かしていくのですが、エリザベッタには少しオカルトなエピソードがあります。

彼女が所有した青い6.16カラットのダイヤモンド（**ファルネーゼ・ブルー**）は、**呪いのダイヤモンド**としてかつて持つ主に不幸をもたらすとされた45.52カラットの**ホープ・ダイヤモンド**と同じ出自である可能性が高いというのです。

鑑定により南インドのゴールコンダ産であるのはほぼ間違いないらしい。ホープ・ダイヤモンドは、1645年にインドからヨーロッパに持ち込まれた。ルイ14世が所有し、マリー・アントワネットに所有権が渡ったこともある。19世紀には**銀行**家の**ヘンリー・ホープ**の所有となるが、彼の孫の代で一家は破産。

つまりホープ・ダイヤモンドは**ロココ朝**に祟りをなした貴石ということになります。

もしファルネーゼ・ブルーも呪いの石ならば、フェリペ5世が急にラ・グランハ宮殿に引きこもりになった原因が納得出来ますし、同じ出自の石がルイ14世だけでなく孫にも災いをもたらすのはあり得ることです。

現在、ホープ・ダイヤモンドは**ハリー・ウィンストン**が寄贈し**スミソニアン国立自然史博物館**の所蔵となっています。

少し恐いですがワシントンに行かれた際はぜひ、ご覧あそばせ。

Elizaveta Petrovna & Catherine Palace

エリザヴェータ・ペトロヴナと エカテリーナ宮殿

ロシアの女帝たち

ロシアの女帝というと自らのコレクションの為、**冬宮殿**の隣に**小エルミタージュ**を建設した**エカテリーナ2世**が思い出されますが、**ロマノフ朝**は**ピョートル大帝**（1682年に在位）以降4人の女帝を排出しています。

ピョートル大帝はモスクワからサンクトペテルブルクに遷都、ロシアを大国にした王さま。2メートルを超す大男で、奇形の標本など変なものばっか収集した人ですが、若い頃、西洋を巡りロシアもこうしなくては！と改革に踏み切った（技術を得る為オランダで自ら船大工として働くほどの行動家）。

彼も**ヴェルサイユ宮殿**に感化されました。1721年、フィンランド湾を望む地に完成させた白亜の**ペテルゴフ宮殿**は、**バロック様式**の夏の**離宮**。**庭園**には約150の**噴水**と4つの滝を配し、**階段**に水を流したり、光を計算し噴水から吹き出す水で虹を作ったり、ヴェルサイユ以上の工夫をかしこに仕込みました。

ピョートル大帝は死後、妻に皇位を譲る約束だった。しかし妻の浮気が発覚。撤回したかったが、やれぬまま死んだので結局、妻が王位を得た。これが**エカテリーナ1世**。

しかしピョートル大帝は浮気相手を斬首、首をホルマリン漬けにし、彼女の**寝室**に飾ったといいますし、王位は譲る気だったやも……。生首を部屋に置く罰を与えるピョートルさん、サドかマゾか？　とりあえずヘンタイです。

エカテリーナ1世の死後、王はやはり男が継ぐべきじゃんという声が上がり、ピョートル大帝の孫、**ピョートル2世**が12歳で即位させられますが、彼は3年で病死。もう**ロマノフ家**に男子はなかったので、**イワン5世**（ピョートル大帝の共同統治者だった彼の異母兄）の娘で、ピョートル大帝の姪の**アンナ・イヴァノヴナ**がアンナ女帝として王位を継承します。

なれども彼女は政治に関心薄く、遊んでばっか、氷で**宮殿**をこしらえたり（当然、全部溶けました）しているうち死んじゃいます。

アンナ女帝が後継に**イワン6世**（イワン5世の曽孫）を指名していたので1740年、生後2ヶ月の彼が王となるのですが、これに激怒した人がいます。

ピョートル大帝とエカテリーナ1世の娘、**エリザヴェータ・ペトロヴナ**です。

オシャレで派手好きなお姫さま

〝派手好き〟の肩書きがつきまとうエリザヴェータ――1000着以上のドレスを持ち、**ジェレミー・ポジエ**などの宝石職人を擁護し常にダイヤモンドをちりばめたものを身の回りに置いた――ですが、彼女が王位継承へ動いたのは、アンナ女帝の治世に不満を抱いていた貴族、軍人からの要請があったからです。アンナ女帝から敵視されていたので、新帝勢力に命を狙われる危険もあった。

1741年、エリザヴェータは近衛兵らと**クーデター**を決行、イワン6世を**シュリッセリブルク要塞**に幽閉し、玉座に座ります。

女帝になった彼女はペテルゴフ宮殿を作ったイタリア人建築家**バルトロメオ・ラストレッリ**に依頼、すでにあるペテルゴフ宮殿、サンクト・ペテルブルクの冬宮殿、ペテルゴフより約30キロ離れた**ツァールスコエ・セロー**（**皇帝の村**）におけるエカテリーナ1世の**夏宮殿**を「もう古い！」と軒並み**ロココ**に改築、あるいは全面的に取り壊し建て直させます。

ライトグリーンと白、ツートンカラーにゴールドを加えた軽快と荘厳が融合する**ファサード**を持つ冬宮殿がよい例ですが、バロック様式ながらエリザヴェータ×ラストレッリの建築は**ロシア・バロック**と呼ばれる独自の様式を誕生させロココの亜流となる。父に輪をかけ、エリザヴェータもヴェルサイユ宮殿に魅了された人でした。彼女のロココ主義がもっとも如実に反映されたのは、恐らく**エカテリーナ宮殿**でしょう。100名の職人が金箔を施す木彫があしらわれた**鏡の回廊**を思わせる金ピカの**玉座の間**、450キロもの琥珀が**装飾板**として使用される**琥珀の間**……。エカテリーナ宮殿にはいたるところ爆発的な贅が尽くされました。大理石の彫像が配された庭園の池はまるで鏡のようであった——と当時の記録は語ります。噴水からシャンパンが出るような仕掛けも作ったそう。

最初、エリザヴェータは琥珀の間を冬宮殿に作りましたが、のちに装飾板をひっぺがしエカテリーナ宮殿に移設させます。

大量の琥珀の装飾板は、そもそも**プロイセン王、フリードリヒ1世**が妃の**ゾフィー・シャルロッテ**に贈った**シャルロッテンブルク宮殿**の為のものでした。しかし息子の**フリードリヒ・ヴィルヘルム1世**が、1716年、スウェーデンに対する**ロシア・プロイ**

セン同盟を結んだ証としてピョートル大帝に献上します。

ピョートルは「こんな豪華なもの、ありがとね」ともらったはいいが、生首を置く台にも出来ぬ、使い道が解らぬままに放置してしまいます。

この持ち腐れた宝に目をつけ、エリザヴェータは琥珀の間をこしらえたのです。

3枚のペチコート作戦

フリードリヒ・ヴィルヘルム1世は、エリザヴェータが**マリア・テレジア**、**ポンパドゥール夫人**と共に抗った**フリードリヒ2世**の父親。**七年戦争**でフリードリヒ2世をやっつけろと手を組んだ彼女達の行動は、**3枚のペチコート作戦**なんて可愛い名で呼ばれますが、宿敵である**ハプスブルク家**と**ブルボン家**が手を組むなど驚愕の**外交革命**でした。

フリードリヒ2世は**啓蒙主義**を尊重し、拷問や宗教弾圧を禁ずるなど立派な業績が多数ある人です。女性を軽視したのは確かながら、どうして3人に悪の権化とまで嫌われたのか？　不明ですが、迂闊に口にしたことがそれぞれの逆鱗に触れたのかもしれません。例えばエリザヴェータにすれば「あのデブの金ピカオバサンねぇ」。彼の軽口を小耳に挟み、絶対ゆるさないと決めたのかも。些事でも根に持つのが女子ですし……。

しかしフリードリヒ2世の受難は3枚のペチコート作戦で終わりませんでした。七年戦争でプロイセンは辛くも勝利をおさめます。しかし戦争に注ぎ込んだお金は莫大で、プロイセンは深刻な金欠を抱え込むのです。

フリードリヒ2世はベルリンの画商、**ゴツコフスキー**から、**レンブラント**の『**ダナエ**』を含む貴重なコレクション約220点を購入する予定でしたがその資金が調達出来ない。これを知ったエカテリーナ2世は、コレクションを横取りするべく、上手くゴツコフスキーと話をつけ買い取ります。

エカテリーナ2世はロマノフ朝最後の女帝。プロイセンの軍人、**アンハルト＝ツェルプスト侯**と**デンマーク王家**の血をひく**ヨハンナ・エリーザベト**の娘として生まれ、ピョートル大帝とエカテリーナ1世の息子である**ピョートル3世**に14歳で嫁ぎます。彼女はロシアの血統を持たぬドイツ女子だったのですが、甥にあたるピョートル3世の妃をエリザヴェータは彼女に決めた。

理由は、「皇太子の嫁は多少ブスでも、恭順な人がいい」。実際、エカテリーナ2世は自分の祖国をロシアとし言葉や風習を覚え、小姑、エリザヴェータの期待にこたえます。

エリザヴェータの死後、夫のピョートル3世が王位につくと彼が無能、更にはフリードリヒ2世に心酔しているのに危機をおぼえ、**クーデター**を起こし、夫をシュリッセリブルク要塞に軟禁、自らが皇位につきます。そしてエリザヴェータが生前に完成させられなかった冬宮殿の工事を終了させるなどエリザヴェータの意思を継ぎ、女帝として30年以上の統治を続けるのです（いい嫁もらったな、エリザヴェータ）。

エカテリーナ2世は優美なロココより**新古典主義**が好きだったので宮殿を多少、質実に改装しましたが、ピョートル大帝から続くロココ調を全面的に取り壊すような真似はしませんでした。ゴツコフスキーのコレクションのように常に絵画を爆買いするものので、小エルミタージュ（1764年建設開始）で収まらぬ美術品を収める為、**旧エルミタージュ**を作り、**宮廷専用劇場**を作り……。

現在の**エルミタージュ美術館**はこれに加え**新エルミタージュ**と冬宮殿、5つの建物からなりますが、始まりはエカテリーナ2世の個人施設、小エルミタージュでした。

エルミタージュはHermitage――隠れ家の意、**ルーブル美術館**と並ぶ規模のこの美術館が本来は女帝の**私室**を飾るために作られたのはご存知の方も多い筈。

かつてヴェルサイユの**サロン**は社交が極限まで達し、**マリー・アントワネット**なんて第一子の時、公開出産をさせられています。お姫さまだって一人になりたい時はあります。ですからエミリタージュのニュアンスは、サロンと対義である婦人の私室――**ブドワール**（Boudoir）と考えるが妥当ではないかと僕は思っています。

第4章

空想のお姫さまとお城

人魚姫とション城
The Little Mermaid & Chillon Castle
2021.1
ayumi

レマン湖の畔にて

奥深く、歳ふりしシヨンの獄舎に、ゴシック風の七基の圓柱あり、柱は太くして灰色、閉ぢこめられし鈍き光を受けてほのかに見ゆ。（**岡本成蹊・訳**）

バイロン卿がスイスを訪れた際、レマン湖の畔に佇む城の有様に感銘を受け2日間で書き上げた『**シヨン城の囚人**』の舞台、**シヨン城**は、中世初期に建てられた古城で、9世紀にはイタリアからアルプス山脈を越えてくる商人達より通行税やら物品税をとるいわば**関所**としての機能を持っていたといいます。

遠くから見ればまるで湖の上に建っているように見える。代々、**サヴォイア家**の居城で14世紀、**ヘンリー3世**に仕えた**ピエール2世**が戦功で褒賞を得、その資金で増改築、城の整備を行う。しかし16世紀にベルン軍に襲撃され城は彼らの施設となった。

このシヨン城には**獄舎**――**地下牢**がありました。『シヨン城の囚人』と呼ばれるのは、**サン・ヴィクトール修道院**の僧院長、**フランソワ・ド・ボニヴァール**のこと。彼は新教布教を巡って当時の領主、**サヴォワ公**と対立、2度にわたり捕縛され、地下牢に

1530年から1536年まで監禁されました。

今でもボニヴァールが囚われていたとされる柱の枷、そして囚人を夢想したバイロンが壁に刻んだサインがありますが、サインは捏造である可能性が高いと思います。

だって多分、この**お城**にバイロンは入ってないですよ。遠くから眺めて、彼の逸話を思い心境を勝手に想像し、作品にしたんです。もっというならボニヴァールのことも詳しくは知らなかった。詩の評判がよかったので、後で詳細を調べた（本人談）。でもって——縛められることなき——で始まる14行詩『**シヨン城詩**』を作った。

魚は城壁の下を泳ぎ、みな楽しげに躍り行く。——とか書きますがテキトーに考えた。**ロマン派**の詩人ですし、湖上の美しいお城の地下に、己の主義を撤回せず囚われた修道士がいたというエピソードだけで、バイロンは盛り上がったはず。鉄格子の窓から湖水が見えた方が、悲しく、ロマンチックですしね。

人魚姫とウンディーネ

バイロン卿は、**フェルナンド2世**（ポルトガル王）が建てたポルトガルの**ペーナ宮殿**も**エデンの園**だ！　と絶賛しています。この**宮殿**は**イスラム**とか**ゴシック**とか**ルネサンス**とかごちゃ混ぜ、**レゴブロック**で作ったみたいな外観。バイロンはお城大好き詩人です。

男爵位を継承する人ですので従祖父から**ニューステッド・アビー**というゴシックなお城をもらい、住んだりもしたのですけどね。お金に困って売っちゃった……。

シヨン城はしかし、ディズニーの『**リトル・マーメイド**』での**アリエル**が恋する**エリック王子**のお城のモデルの方が通りいいでしょう。

確かに傘帽子みたいな屋根がついた白い塔や岩礁のある水辺など、シヨン城の雰囲気はエリック王子のお城とそっくりです。そうなるとシヨン城は元ネタ、**アンデルセン**の『**人魚姫**』にもつながります。

人間の王子に恋をし、最後は海に身を投げ泡沫となってしまう人魚姫の物語は切なく、こんな痛々しい話、童話じゃない！　憤慨すらおぼえますが、アンデルセンが自らの失恋をきっかけに書いたと知ると納得してしまう。

アンデルセンは『人魚姫』の着想をドイツ後期ロマン派の作家、**フリードリヒ・フーケ**の『**水妖記**（**ウンディーネ**）』から得たと記します。フーケは軍人にして作家。民間伝承を元に騎士が森で水の精と出会う物語を書きました。このフーケも自分は**パラケルスス**（中世の医者兼錬金術師）の譚よりモチーフを得たことを明かします。

ホムンクルスの作り方を著述したり、**賢者の石**を所有したとされるパラケルススが述べるには、水の精、**ウンディーネ**は人間の女子の姿だが魂がない。人間に愛され妻となると魂を持つ。夫が水辺で妻を罵ると水中に帰ってしまう。でもいなくなっただけなので夫は浮気してはならない。もし浮気したならば、水の精は夫の元に戻ってきて彼を殺す——。

アンデルセンの創作とフーケの作品は多少異なりますが（フーケ版は足があるし、声を失ったりもしない）設定はほぼ同じです。フーケ版はオペラになったり様々にスピンオフしますが、最も好きな2次創作を聞かれると、僕はフランスの劇作家、**ジャン・ジロドゥ**の戯曲を選ぶでしょう。

永遠に変わらぬものを探し森を彷徨っていた騎士は湖で美しいウンディーネに出会う。彼女こそが探していたものだと思った彼は婚約者がいたのも忘れ求愛をする。**水界の王**は心変わりを警戒しウンディーネを引きとめるが、彼女は騎士を信じ申し出を受ける。彼女は騎士の住む城で暮らすが、宮廷生活に馴染めない。泳ぎが上手いだけで字も読めず洒落た会話も出来ない彼女は笑い者になり、騎士も彼女を徐々に疎んじていく。水界の王は騎士を試そうと、かつての婚約者と再会させてみる。騎士の心が揺れるのを知ったウンディーネは、彼が水界の掟で殺されぬよう、謀ったのは自分と嘘をつく。しかし真相は揺るがずもはや騎士の運命は変わらない。ウンディーネのことを想いながら騎士の命は尽きる。憐れに思った水界の王は、ウンディーネから彼の記憶を一切消してしまう。彼のことを忘れてしまったウンディーネは目の前に横たわる騎士の死体を見てこう言う。「なんて美しい人かしら。私、好きになってしまうわ。どうにかしてこの人を生き返らせてあげられないのかしら……」。

イメージの源となったションの城

ション城はバイロンの頃にはかなり知られていたらしく、いわば**観光名所**、画家の**ターナー**なども制作の為、訪れています。

ルソーもこの城をモデルに『**新エロイーズ**』のラストシーンを書きました。貴族の娘**ジュリ**と家庭教師**サン＝プルー**が身分違いの恋をして引き裂かれるメロドラマ。結局、ジュリは違う男性と結婚しちゃうのですが、彼女はション城の湖に落ちた我が子を救う為に飛び込み、風邪をひいて死去します。

この小説は大ヒットしたそうで、**池田理代子**の『**ベルサイユのばら**』にも**アンドレ**が読みながら、身分違いの恋は辛い……嘆く場面が描かれています。

教科書では社会思想家として登場するルソーですが、小説も書いていますし、作曲も手掛けている。当時ルソーはマルチタレントのような存在でした。

ルソーといえば「自然に帰れ」ですが、実はこの言葉、彼の著書にはない。

彼は、人間は本来善良だが都市社会が悪に染める――ということしか記してなく、それが誰かにまとめられ「自然に帰れ」と述べたことになった。ですので**ロココ**の貴族達が「ルソーが自然に帰れといったし田舎で遊ぼうぜ」と曲解したのは浅はかともいいがたい。水の精として湖に住んでいたウンディーネの話は、海の人魚の話になるのですしね。地下牢の囚人の様子をあたかも見てきたように伝えるバイロンのような人が、キャッチーに都合よくデフォルメしてしまうんですよ。

実はルソーはマゾヒストであった。幼少期、女性家庭教師から受けた理不尽な体罰により性癖に目覚めた——と、彼の略歴を調べると出てきます。露出狂との指摘もある。つまりドヘンタイ。しかしこの拠り所って、彼の著書『**告白**』にしかないのですよ。『告白』は世界初の自伝といわれます。でも果たしてルソーが本当のことを書いたかどうかなぞ解りゃしない。ルソーって宮廷では女子に大人気だったらしい。露出狂のマゾが貴婦人達にモテると思います？「生まれて、すみません」とネガティヴに綴れば異性の気を惹けるのを心得ていた**太宰治**と同じ、戦略として自分のダメさを盛ったんじゃないですかね？　現代の僕らはそれにまんまとハメられている。

彼は15歳の時に出会った14歳歳上の**ヴァランス夫人**が初体験の相手、まるで近親相姦を犯したかのようだった——とも記しています。歳上の女子とそういうことになった男子の悔恨の告白が、腐女子の読者を昂らせるを承知だったとしか思えない。

蛇足ながら、**プロイセン王、フリードリヒ2世**はフリードリヒ・フーケのお祖父さんと親友でフーケの名付け親なんだとか。

フリードリヒ2世こそ実はマゾですよ。**3枚のペチコート作戦**でいろんなタイプの女子から虐められ、興奮したんですよ。そして妹の**ロヴィーサ・ウルリカ**から「お兄ちゃん、サイテー」と罵られて悶絶していたのです。

と、人魚姫であるが故、いらぬ尾ひれをつけたならば後は泡沫、これぞ暴虐を神に訴ふるものなればなり、です。

オフィーリアとクロンボー城
Ophelia & Kronborg Castle
2021'

嵐が生んだゴシック小説

バイロン卿は1816年の夏、**ションン城**見学後、レマン湖にある自分の**別荘**、**ディオダディ荘**に向かう。

後輩詩人、**シェリー**とその妻、**メアリー・シェリー**らと待ち合わせ避暑を楽しむ為でした。

しかし嵐の天候、外出ならず別荘で怪奇譚を創作し発表し合うことにする。提案したのはバイロン。この時、バイロンの主治医である**ポリドリ**が創作したものが、後にバイロン作として発表される『**吸血鬼**』で、メアリー・シェリーが着想は得たが書けず、歳月を経て世に出すのが『**フランケンシュタイン**』です（別荘に来る前、彼女は死体の盗掘をし解剖実験をしていたと囁かれる錬金術師、**ディッペル**が所有したヘッセン州の**フランケンシュタイン城**を訪ねている）。

ロマン派における**ゴシック小説**の代表作が2つもこの退屈しのぎから生まれました。

ディオダディ荘の奇譚会議とも呼ばれ、後にポリドリ、シェリーの前妻が自殺するなど関係者が次々に怪死を遂げることから、バイロン達が悪魔召喚を行ったのでは？　と考える人もいます。29歳の若さでこの世を去るシェリーが嵐に遭い遭難、水死というのも、湖畔の別荘での嵐を想起させますし。

ギリシア神話の人魚は**セイレーン**、美声で船を沈没させる海の化け物とされます。バイロン達は悪魔でなくレマン湖の精に祟られたのかもしれません（シェリーは前妻を捨てていますし）。シェリーの墓碑には**シェイクスピア**の『**テンペスト**』の一文が刻まれているのですが、テンペスト（Tempest）って〝嵐〟ですよね。

『ハムレット』を利用する人々

アンデルセンの故郷、デンマークには**クロンボー城**という**お城**があります。**フレゼリク2世**が1585年に改修を命じ整備したお城は**北欧ルネサンス**の傑作と名高く、シェイクスピアが『**ハムレット**』で**エルシノア城**のモデルとしたことでも知られます。

でもハムレットはこのお城を見たことがない。それでもここが舞台ということで、ちゃっかりクロンボー城では毎年、夏に**中庭**で『ハムレット』を上演し観客を集めている。夏だけでなく城内にはいつでもハムレットに因んだ展示やアトラクションがあり、もはや**テーマパーク**状態です。

　クロンボー城はバルト海に面する**要塞**で、元々はバルト海と北海を結ぶエーレンスド海峡を通る船から通行税をとる目的で建てられました。アルプス山脈を越える者から通行税をとったション城に似てますが、このルートはヨーロッパ海運の大動脈、入る額は莫大で、15世紀、**エーリク7世**の時に築かれた城の壁をフレゼリク2世が**赤色砂岩**《せきしょくさがん》にし、**瓦葺**《かわらぶき》の屋根を**銅板**に貼り替える為の工事資金は全てこれから捻出されました。

　1629年の火災でお城が消失した時、フレゼリク2世の息子、**クリスチャン4世**はすぐにお城を復元しますが、そんなことがやれたのも通行税があったから。

　クリスチャン4世はいきなし通行税を倍にして修復費用をまかなった。エーレンスド海峡の通行税はデンマークの国家予算の3分の1に相当し、これのおかげでデンマーク王家は多少の問題があろうと**絶対王政**を継承出来た。

　当然、通行税を払わずにこっそり、または無理矢理、海峡を突破しようとする船もあります。ですのでクロンボー城には大砲が海に向かって据えられていました。現在もこの大砲の群は残っています。

かつては海峡を渡る船から税を得て、今はシェイクスピアゆかりの城として観光客を取り込む……クロンボー城、今も昔も便乗商法に長けていますね。

しかしシェイクスピア、及び『ハムレット』くらい便乗されまくる素材はなかなかないでしょう。

ベルギーには**ハムレットチョコチップス**などと名付けたチョコレート菓子のメーカー、**ハムレット社**があるし、**太宰治**は『**新ハムレット**』という2次創作を書きました。バイロンは『**マンフレッド**』の冒頭にハムレットの親友、**ホレイショー**を登場させます。

バイロンは**ナポレオン**の退位で**ルイ18世**が王位に就いた1814年の**復古王政**の時、『**リア王**』のセリフ「俺は気が狂うぞ」を記すほどにシェイクスピア好きでもある。**ジョイス**は『**ユリシーズ**』の中、**アイルランド国立図書館**にて**スティーブン**にハムレット論を語らせます。

ハムレットの妃候補ながら、デンマーク王後継者のハムレットとは身分が違う、結婚は難しいと兄からさとされ、最後はハムレットに八つ当たりの罵詈雑言を吐かれ錯乱、川で溺死するヒロイン、**オフィーリア**もハムレット以上に様々、便乗の対象となってきました。

ドラクロアや**ルドン**、多くの画家が彼女を絵にしました。一番、有名なのは**ラファエル前派**の**ジョン・エヴァレット・ミレー**が1852年に発表した陰鬱な水面に仰臥で浮かぶ『**オフィーリア**』でしょうか？

文学はハムレットですが美術ではオフィーリアの方が圧倒的に便乗される。画家達が彼女を題材にするのは、狂気の末に水死する女子の設定が魅力的だから。

確かに美形でも、狂った王子は絵の素材としてイマイチです。

白タイツの王子さま

ところでお姫さまはさておき、王さまや王子さまについて僕達が持つあの一般的な——**パフスリーブ**の上着にヒラヒラのブラウス、**ブルマ**みたいなズボンに白いタイツ姿——のイメージは一体、どこから来たのでしょう？

14世紀の**ゴシック・スタイル**、イタリアから広まった変形の**チュニック**、**コタルディ**を騎士達が着用したのが始まりのようです。

特にフランスにおいてはかなりのミニ丈が流行ったようで、身を屈めるとパンツ丸見え状態。女子ですらそんなワンピを着れば今でも保守層から非難されます。

当時もやっぱり嘆かわしい潮流と識者達は激怒した。

しかしフランス騎士のモードはさらにエロくなる。

ウプランドという**姫袖**ガウンをローウエストに絞り、やはり頭を下げればパンツ丸出しの格好をしたり、そのガウンに**刺繍**を施したり宝石をつけたり。**ダッキング**と呼ばれる袖や裾に様々な模様の切り込みを入れる（いわゆる**スカラップ**）のも流行しました。

一番のインフルエンサーはオシャレ大好き王（通常は**親愛王**、または**狂気王**と呼ばれる）**シャルル6世**で、彼を貴族達が真似た結果、どんどんスタイルが過剰になっていった。

女子は貞節を守る為、足首まで裾を隠さなければなりませんが、男子は17世紀頃までいかに脚線美を見せるかが勝負でした。従って本当に**ショース**なるピタピタのタイツみたいなものを穿いていました。

男は黙って白タイツ！　だったのです。**ロココ**時代になると男子も身体のラインを隠し始めますが、七分丈くらい、ふくらはぎから下は見せていた。男子が脚線美を隠し地味なスーツを着始めるのは18世紀の終盤からです。流れはイギリスから始まりました。

英国紳士のスタイル規範を作った**ジョージ・ブランメル**は、平民の出ながらネクタイの結び方や着こなしがカッコいいというだけで、**ジョージ4世**、**ウィリアム4世**の治世時、国王と対等に渡り合いました。「ナポレオンになるよりもこの男になりたい」とバイロンに言わせた稀代のダンディ。

生田耕作はこう記します。——荘厳な着付けの儀式を執り行うのに、ブランメルは二時間近くをそれに充てるのだった。そしてその席には、彼の庇護者兼ライヴァル、皇太子ウエールズ公がしばしば参列し、〈優雅の師〉の一挙手一投足を、讃美と羨望の眼で見まもるのだった。（『**ダンディズム**』）

しかしこんな服飾史は今だから知れる訳で、僕らに王子さまの白タイツを刷り込んだのは、**中原淳一**ではないかと思うのです。

彼は『**ジュニアそれいゆ**』で男性モデルにベレー帽をかぶせ、白タイツを穿かせ王子さまルックを誌面に登場（当時ですら、これはない……と読者はドン引いたと思う）させていますし、『**人魚姫**』や『**白鹿姫**』の物語の挿絵として、見事な脚線美の王子さまを多数描いています。推測するに淳一はバレエの王子役を参考にしていたのではないでしょうか。『**白鳥の湖**』の**ジークフリート王子**とか、メチャクチャ白タイツじゃないですか！

『ハムレット』は**アンブロワーズ・トマ**がオペラにし、**ルイ14世**が建設した**オペラ座**で1868年に上演されています。オフィーリア役はベルカント唱法が定評の**クリスティーナ・ニルソン**。そしてこのクリスティーナ・ニルソンをモデルにし、**ガストン・ルルー**は『**オペラ座の怪人**』を書きました。

まさに便乗の連鎖――。

便乗すべきかせぬべきかそれが問題なら、便乗すべき――のようです。

ラプンツェルと
モン・サン＝ミシェル
Rapunzel & Mont Saint-Michel

シルヴィア・ビーチの戦い

便乗している訳ではないのでしょうが、パリの5区、セーヌ川の左岸には**シェイクスピア&カンパニー**という書店があります。

アメリカ人女性**シルヴィア・ビーチ**が6区オデオン通りにある書店、**本の友の家**（会員制図書館のようなものでした）を知り、主人の**アドリエンヌ・モニエ**女史が、**ジッド**、**アポリネール**などの作品を紹介、店が若き文学者の**サロン**の機能も果たしているに触発され「自分はアメリカ文学をフランスに伝えたい」と1919年、同じ6区、ディピュイトラン通りに店を構えたのが始まり。

シェイクスピア&カンパニーには**ヘミングウェイ**、**フィッツジェラルド**という作家が集い、本の友の家の常連作家達とも親しくなる。モニエ女史はビーチに協力を惜しまず、アメリカで発禁となった**ジョイス**の『**ユリシーズ**』をシェイクスピア&カンパニーで出版するのを決めた際は多く仲間に支援を求め、後にそのフランス訳版を本の友の家より刊行しました。

ビーチは1940年代、**ナチス**占領下において軍兵から「ジョイスの『**フィネガンズ・ウェイク**』を売ってくれ」と言われた時、「1冊しかないから」と拒否。その反抗的態度故、全ての本の押収を告げられると、モニエ女子と共、店の本を全て隠してしまった。

結果、ビーチは約半年、投獄されるのですが、この2人の女子書店主人、カッコよすぎると思いませんか？　この人達がいなければ20世紀最大の文学と呼ばれる『ユリシーズ』は出なかったのですよ。

現在のシェイクスピア&カンパニーは2代目で、ビーチの意志を受け継ぎ、**ル・ミストラル**という書店を経営していた**ジョージ・ホイットマン**が1964年、店名を改めたもの。ここには**アレン・ギンズバーグ**など**ビートニクス**の詩人が多く集まりました。

シュエークスピア&カンパニーは、今も貧しい文学者に無償で上階を宿として提供する慣習を持ちます。フランス人は自国の文化水準を自慢したがりますが、こういう本屋さんがあるなら仕方ないですね。

「ディスコ」としての大聖堂

シェイクスピア&カンパニーからほど近いセーヌ川の向こう、中洲地帯であるシテ島には**ノートルダム大聖堂**があります。

ゴシック様式の代表建築ノートルダム大聖堂のあるシテ島の栄えは、4世紀のローマ**皇帝、ユリアヌス**の時代まで遡れます。この地帯をローマ皇帝が大事にしたのは**城塞**が作りやすいからでした（中洲なら堀は必要ない）。

ここに大聖堂を！ と言い出したのは**ローマ帝国**滅亡後、フランクを統一、481年に**メロヴィング朝、初代フランク国王**となった**クロヴィス1世**でした。

当時、フランク人は**多神教**でしたが、クロヴィス1世は妃の**クロティルダ**に怒られ**カトリック**に改宗をした（**クロヴィスの改宗**）。そして「俺もしたんだしお前らもしろ」と臣下、臣民を巻き添えにした。

クロティルダは信仰厚く、一生を慈善活動に費やした人。**ローマ・カトリック**の聖人とされますが、夫を改宗させた結果、力を失っ**たローマ教会**を**ローマ・カトリック教会**

として復興させる種をまいた人でもありますので、聖人というよか恩人ですね。

ノートルダム大聖堂が現在のような姿になったのは、12世紀初頭。**フィリップ2世**が**ルーブル宮殿**の前身となる城塞の建造を開始したのに影響され、聖職者達も旧式の**聖堂**を改築したくなり、窓に**ステンドグラス**を入れたり、聖母を彫刻した**ポルタール**（正面玄関）を新設したりした。

しかし1163年、パリ司教**モーリス・ド・シュリー**はその程度では納得ならず、大改修に着工、敷地を拡張し5廊式の**身廊**の大聖堂を目指します。最終的に工事が完了するのは1345年。**教会**にもトレンドがあり、改修を終えていないうちにそれが変わってしまうものだから、工事の途中で新たな工事が始まるを繰り返すしかなかった。

当初、ノートルダムに**バラ窓**は聖母マリアに捧げるものが西に1つあるのみでした。ところが改装途中、バラ窓ブームが起こり、北と南により大きなものを追加することにした。

採光を得られるバラ窓は薄暗い教会内部に光をもたらしました。ノートルダム大聖堂では**ノートルダム学派**の**ペロタン**による**ポリフォニー**での**グレゴリオ聖歌**も誕生しました。バラ窓って**カレイドスコープ**みたいじゃないですか。多声の詠唱は歌う者も聴く者も恍惚とさせます。ノートルダム大聖堂は**ディスコ**同様、光や音によるトランス効果を増幅させる為に改築の進化を続けた訳です。

しかし、ノートルダム大聖堂が全く存在を忘れ去られた時期がありました。**フランス革命**の後、荒らされ（どんな時代にもヤンキーみたいなヤツがいて彫刻を壊したり壁にラクガキをしたりする）19世紀半ばまでは**廃墟**同然だったのです。

復興の気運が高まるのは、**ユゴー**が1831年、**『ノートルダム・ド・パリ』**を上梓、大ヒットを得たから。世論を受け1834年に政府が補修を決定、1864年に大聖堂はまたパリの代表建築に返り咲きました。

ところで**『ノートルダムの鐘』**として**ディズニー**作品にもなっているものの、ヒロインの**エスメラルダ**は**ディズニー・プリンセス**ではないそうですね。

確かに王家ゆかりのヒロインじゃないし、王子さまとのロマンスもないからプリンセスと定義出来ないのは納得ですが、ディズニーって結構、査定が厳しい。

『塔の上のラプンツェル』の**ラプンツェル**は、ディズニー・プリンセスながら、**グリム兄弟**の原作では魔女の庭のラプンツェル（レタスに似た野菜）を妊娠中の妻が食べたくなるエピソードから始まり、生まれた女のコは塔に閉じ込められる。育った少女が王子さまと逢引、妊娠、王子さまは報いとし塔から突き落とされ失明、少女も髪を切られ荒地に追放されるダーク展開なのに……。

女子校、そして戦う乙女たち

『塔の上のラプンツェル』のラプンツェルの故郷、両親が住むお城のモデルは、フランス西海岸、サン・マロ湾の島に建つ**修道院**、**モン・サン＝ミシェル**だそう。修道院ですがどうみたってバリバリの**ゴシック**城です。

岩山にそびえる三層構造の**要塞**じみた建築は、７０８年、大天使**ミカエル**が**オベール司教**のもとに現れ、修道院を築けと託したのを起源とするという。干潮と満潮の差が激しく、満潮になると島と湾の向こうに掛かる橋が水没し、干潮時には砂漠の蜃気楼と見紛う姿を干潟の上にみせる。特殊な立地にあることから**百年戦争**の時は城塞として利用されもした。基本はゴシック様式ながら長い歴史を持つ為、**ロマネスク様式**、**ノルマン様式**などがごちゃ混ぜになっています。

お姫さまと縁はないですが、岩山の上の修道院というと、僕はギリシアの**メテオラ**を思い出します。

ギリシア正教の修道士達が神につかえることに専念する**理想郷**として選んだ俗世とは隔離された断崖の上にある修道院群は、写真を見るだけでもゴシック趣味を高揚させます。現在は6つの修道院が使われているらしく、**ルサヌ修道院**、**聖ステファノス修道院**の2つは女子の修道院です。

少女趣味なのか、どうも僕は修道院や**寄宿舎**という響きに弱い。**ミッション系**の**女子校**にすらときめきを感じてしまいます。

京都にはノートルダム大聖堂とは全く関係のない**ノートルダム女学院**というお嬢さま学校があるのですが、ミッション系なので中高共、ブレザーと別に**ジャンパースカート**の制服もあるんですよ。ネクタイは水色で上履は黒。とても可愛いのです。

ノートルダム女学院にはないでしょうが、ノートルダム大聖堂にも、モン・サン＝ミシェルの**サン・ピエール教会**の前にも、**ジャンヌ・ダルク**の像があります。

嗚呼、ジャンヌ・ダルク！

百年戦争の終わり、神の啓示と共に現れ、かの**ジル・ド・レ侯**を従え聖歌『**ヴァニ・**

クレアトール・スピリトゥス』を口ずさみながら劣勢のフランス軍を指揮し勝利、最後は魔女として火刑に処された**オルレアンの乙女**よ！

シルヴィア・ビーチもジャンヌ・ダルクもフランスの為に戦いし、**リボンの騎士**です。

僕は戦う女子にはことごとく、お姫さまとしての尊意を抱いております。

La Belle au bois dormant & Château d'Ussé

眠れる森の美女とユッセ城

ロリータ・ファッションのムーブメント

ベイビー、ザスターズシャインブライトは2015年に**眠れる森の美女**——柄シリーズで、**姫袖**をあわせる**ジャンパースカート**に姫袖のドレス姿の**眠り姫**のプリントが施されたマニエリスムな作品を発表しましたが、これに限らず**ロリータ**の世界は**童話**をモチーフにコレクションを展開することが多いです。

『眠れる森の美女』を大きく取り上げたのはベイビーが最初だと思います。それより以前、**シンデレラ**柄をリリースしていますが、老舗というべき**ジェーンマープル**が『**赤ずきん**』『**白雪姫**』『**長靴を履いた猫**』、あらゆるファンタジーを取り上げてきたし、**ミルク**の流れをくむ**シャーリーテンプル**、**エミリーテンプルキュート**も同様なので、手つかずのモチーフ探しはとても苦労だったでしょう。

『眠れる森の美女』は**シャルル・ペロー**のものがそのタイトル、**グリム兄弟**のものは『**茨姫**』と訳されます。ヒロインを**オーロラ姫**としたディズニー映画は『眠れる森の美女』ですが、アメリカで作られたので原題は『Sleeping Beauty』。

ペローは**ルイ14世**の臣下で、**ヴェルサイユ宮殿**の**サロン**で伝承物語を皆に披露していた。本職は不明なれど、ペローも**マリー・アントワネット**も輩出したヴェルサイユ宮殿が偉大なことだけは確かです（ヴェルサイユ宮殿の**庭園**には**イソップ寓話**がモデルの**噴水**を配す**迷路**がありペローは解説書を書いている）。

ロリータ・ファッションのルーツは**ロココ**と言い出したのは僕ですが、これは正しくありません。

日本で生まれたムーブメントながら、ジェーンマープルに顕著なよう、19世紀の**テーラード**、**ブリテッシュ・トラッド**が根底にあります。ですので素材として常に人気なのは**『不思議の国のアリス』**。

ロリータの精神をロココとするのは『**下妻物語**』**竜ヶ崎桃子**の私見です。

小さな村の小さなお城

『眠れる森の美女』をペローはロワール渓谷中部のレニユッセという小さな村に建つ

ユッセ城で書きました。

白い円筒の城壁の上に青い屋根が乗っかった秀逸にメルヘンな外観の古城は、元々、バイキングの**要塞**でした。

ジャンヌ・ダルクがオルレアンより軍を出発させる前、**ランス大司教**から祝福を受けた**ブロワ城**（**カトリーヌ・ド・メディシス**が毒薬を隠していたといわれる**秘密部屋**がある）を建てた**バロック建築**の先駆者、**フランソワ・マンサール**を大叔父にする、ヴェルサイユ宮殿改築に携わった**ジュール・アンドゥアン＝マンサール**設計の**大階段**や、ヴェルサイユ宮殿の造園師**アンドレ・ル・ノートル**が手掛けた庭を持ち、背後に緑豊かなシノンの森を得て佇みます。

この風情がペローに『眠れる森の美女』のインスピレーションを与えた——と紹介されますが、根拠はありません。

思いたくなる気持ちは解ります……。そうしないと、ヴェルサイユ宮殿に政治拠点が移って以降、ロワール渓谷界隈は寂れましたし、たまたま滞在中、ペローが「田舎だし、何もねぇなぁ」と退屈凌ぎに書いたショボいエピソードの**お城**になってしまうかもしれない。

一方、ドイツにはグリム兄弟にちなんだ**メルヘン街道**の西ルート、**ラインハルトの森**にやはり『茨姫』の舞台と呼ばれる**ザバブルク城**があります。こちらは塔の上に糸車を置いたりしてちょっと**ゴス**な雰囲気を出しています。

文学とファッションから見るゴシック史

ゴス、**ゴシック様式**、**ゴシック小説**とか当然のように書きますが〝**ゴシック**〟とはどういう定義なのでしょう？

ピサの斜塔のような装飾性の乏しい、大体は木とレンガで作られたローマ風の11〜12世紀くらいまでよくあった**ロマネスク様式**を経て、13〜14世紀に建てられた高い**尖塔**を持つ建築物の様式が〝ゴシック〟です。

15世紀からの**ルネサンス**が建築、絵画を問わず非常に飛躍を得たが故、それはゴシック——〝野蛮〟を意する、つまり粗雑なものとして区別されるようになりました。

ゴシック建築の殆どは**教会**です。皆が細長い塔を建て、住んだ訳ではない。ちゃんとしたものなぞ、教会くらいしか作る理由も建てる財力もありませんでしたから。

美術におけるゴシックは、ルネサンスに入るまでを大まかに括っていると思っていいです。12～16世紀初頭までとする人もいますし、もっと細かく区切る人もいます。

画家の名前を残す慣習がなく、こちらもほぼ**教会美術**です。15世紀になると少しは名前を識別やれる画家も出てきます。**ヤン・ファン・エイク**とか**ヒエロニムス・ボッシュ**とか。

文学におけるゴシックは18世紀の終わりに現れます。ゴシックの頃に建てられたお城を舞台に、いかにもそんなところでなら起こるかも……な怪奇物語を展開させるブームが起きるのです。火付け役は**『オトラント城奇譚』**を書いた**ホレス・ウォルポール**で、この人は貴族であるのをいいことに自分の**別荘**をゴシック様式に改造し（**ストリベリー・ヒル・ハウス**）、中に**印刷所**を作り自分が書いた小説を刷って配っていました。

メアリー・シェリーの**『フランケンシュタイン』**はもとより、スリラーではないですが、**エミリー・ブロンテ**の**『嵐が丘』**もゴシック小説の範疇に入ります。

『フランケンシュタイン』と『嵐が丘』は全く別ジャンルですが、両方を読めば手法が似ているのがよく解ります。

悪口になりますが……とにかく、つまらないです。表現が悪い？　でも『フランケンシュタイン』に目を通せば言わんとする意味が解ります。本筋と関係ない船旅の話ばっかで、肝心のフランケンシュタインの怪物がなかなか登場しないのです。登場したなら、その後、延々に道徳の演説みたいなものになる。一度も投げ出さずに完読出来る人がいたら、誉めてあげます。

イギリスで流行った形態ですが、それがフランスでは**ガストン・ルルー**の『**オペラ座の怪人**』、アメリカでは**エドガー・アラン・ポー**『**アッシャー家の崩壊**』などに受け継がれます。小説としてはフランスやアメリカの作家の作品の方が断然面白いです。

でもって日本生まれの**ゴシックロリータ**（**ゴスロリ**）ですが、これは正統のロリータと異なり、ブリテッシュ・トラッドの系譜を持ちません。

ブラック・サバスが源流の悪魔崇拝や黒ミサを打ち出す**ヘヴィメタル**影響下、日本のヴィジュアル系がロリータと結び付いて生まれたいわば、**アメリカン・ゴシックロリータ**とでも呼ぶべきスタイルです。

ブラック・サバスはイギリスですが、そのスタイルは**マリリン・マンソン**などアメリカに継承されます。**ブリティッシュ・ロック**のゴシックは、**スージー&ザ・バンシー**

ズや**バウハウス**になり、モードでは**リックオウエンス**のようなメゾンに至りますが、ロリータとは交錯しません。

日本のゴシックなメゾンに**アリスアウアア**があり、一時、ゴシックロリータとして扱われるを了としていましたが、ここはロリータではないです。

唯一、**ブリテッシュ・ゴシックロリータ**があるなら、今はバレエ服のメゾンとなった**クードゥピエ**。**楠本マキ**の『**KISSxxxx**』の**かめのちゃん**が着ているのがクードゥピエ。

ロリータといえば**ヘッドドレス**や**パニエ**が想起されますが、それは付属品に過ぎず、ロリータの基本は**ジャンパースカート**（**ジャンスカ**）です。ジャンスカを制するものロリータを制すと言われるくらいロリータにとってジャンスカは重要。

京都には**ノートルダム女学院**、**平安女学院**、**京都聖母学院**と著名な**ミッション系**の**女子校**がありますが、ジャンスカを採用するのはノートルダム女学院と京都聖母学院の2校です。平安女学院にジャンスカはありません。

しかし平安女学院は、**聖アグネス教会**というレンガ造りの可愛い**礼拝堂**を所有しています。

アメリカ人の**ジェームス・マクドナルド・ガーディナー**が19世紀に建てた**バラ窓**のあ

る建物で、ゴシック様式です。ですので平安女学院の生徒はジャンスカを着なくてもアメリカン・ゴシックロリータになれます。黒ミサはしません。したら多分、退学です。

Salome & Semperoper

サロメとドレスデン国立歌劇場

アリスとサロメ

東京ディズニーランドに初めて行ったのは1995年。『**アリスのワンダーランドパーティ**』が開催と知り、矢も盾もたまらず向かったのをおぼえています。『**不思議の国のアリス**』がからむと僕は自制心がなくなる。当時、日本の**ロリータ**のほとんどはこれに参加しており（大袈裟）、スーベニールで売られたアリスのクッキー、青いその缶をとても大事に所有しました。

東京ディズニーランドは、**イッツ・ア・スモールワールド**と**ホーンテッドマンション**のみリピートします。

ホーンテッドマンションは**エドガー・アラン・ポー**などアメリカの**ゴシック小説**を想起させますが、世界観は**オスカー・ワイルド**の『**ドリアン・グレイの肖像**』に近い気がする。

ワイルドは19世紀末のイギリス作家ですが、1881年、アメリカに渡ります。老醜になるのは肖像画の方でいいとする唯美な悪魔的物語を最初、ワイルドはアメリカの雑誌に発表しました。

パリの**ディズニーランド**にはほぼホーンテッドマンションと同一の**ファントム・マナー**があり、外観を**ヴィクトリアン様式**にしてあります。イギリス、アメリカ、フランスと居場所を変遷させた彼の作品がモデルなら、ホーンテッドマンションがファントム・マナーになる必然に合点がいきます。

ユダヤの王女**サロメ**は、父の**エロド王**が彼女の母を兄から奪い自分の妃としたことから、預言者**ヨカナーン**に呪われたソドムの娘とされる。

エロド王に乞われ舞い「ヨカナーンの首がほしうございます」と美貌の聖職者の生首を求め、それに接吻するサロメの物語は、多くの芸術家達が取り上げてきました。

『サロメ』には**オーブリー・ビアズリー**の挿絵が付きますが、ワイルドは『サロメ』の秀逸はビアズリーに起因する――と絶賛します。

ヴィクトリア朝の挿絵画家なら『不思議の国のアリス』を担当した**ジョン・テニエル卿**もいますが、作者の**ルイス・キャロル**は文句ばかりつけ、テニエルは『**鏡の国のアリス**』を終えた後「もう組まない！」とキャロルに絶縁状を叩きつけたそう。

テニエルのイラストがなければ『不思議の国のアリス』が今も読み継がれている筈あ

りません。他の人ともトラブルを起こしていますし、キャロルの人格は最悪だったようです。

サロメ上演にいたるまで

『サロメ』は1893年にフランス版、1894年に英語版（英語版にビアズリーの挿絵が付いた）が出されます。

戯曲ですし上演を前提にした作品です。しかし内容が背徳的が故、舞台化はなかなか進みませんでした。

フランス語で発表したのは、有名女優**サラ・ベルナール**にサロメを演じてもらい、評判にしたいワイルドの考えがあったからです。

彼女のポスター制作に**アルフォンス・ミュシャ**が抜擢され、彼が一躍、寵児となったことでも影響の大きさはうかがえる。ワイルドの思惑通り、サラはロンドン公演を計画していました。しかし実現せず。ワイルドが16歳歳下の青年、**アルフレッド・ダグラス**

からです。

を誘惑したとして有罪、**ワンズワース監獄**、並びに**レディング監獄**に収監されちゃった

イギリスにおいて同性愛は罪でした。

頭を悩ませたダグラスの父親から嫌がらせを受けたワイルドは彼を告訴しますが、逆告訴を受けるに至り禁錮2年。従い、ワイルド作品はイギリスに於いて上演禁止となります。苦境を救おうと友人らが協力しフランス版『サロメ』が、1896年、パリの**ルーヴル座**で掛けられますが評判は悪く、出所後も『サロメ』は上演されることがありませんでした。ようやく『サロメ』にスポットが当たるのはワイルドの死後、ドイツの**ベルリン小劇場**で1901年、演出家**マックス・ラインハルト**が手掛けた時でしたが、ワイルドの作風からはかなりかけ離れたものとなってしまったそうです。

しかし『サロメ』は1905年、**オペラ**としてやはりドイツで評価を得ます。**R・シュトラウス**（『**ツァラトゥストラはかく語りき**』を作曲した人）が1905年、**ドレスデン国立歌劇場**（**ゼンパー・オーパー**）でこれを発表、空前のヒットを得るのです。

ドレスデン国立歌劇場は1841年、**ゴットフリート・ゼンパー**が設計した**新古典主義**の**オペラハウス**。

2度焼失、現在のものは1985年に復元されたものですが、**コリント式**の**柱**や**天井画**など絢爛な内装が復元されています。

この**劇場**では建設後すぐに**ワーグナー**のオペラ『**リエンツィ**』が上演されており、これによってパリで認められなかったワーグナーは成功し、劇場の専属オーケストラ指揮者の任につきます。『**さまよえるオランダ人**』などの自作もここで初演を迎えました。

多くの建築家同様、ゼンパーも完璧主義かつ傲慢な人物（**ウィトゲンシュタイン**は著作では認められず、姉の家の設計を頼まれそれで憂さ晴らし、1ミリ単位での補正を大工に要求、『**論理哲学論考**』を出した後、もう語れることは語り尽したと、造園師に転身した）で『**様式論**』など建築理論を記した本を出しています。このゼンパーとワーグナーは仲良しで、実現しなかったものの**ルードヴィヒ2世**からは、オペラハウスを作る依頼を受けています。実現していたら、とんでもないものが出来ていたでしょう。

というか、話が流れたものの、ゼンパー、ワーグナー、ルードヴィヒ2世が会し語り合うことはあった筈ですので、その内容を想像するだけで怖い。

「**バベルの塔**みたいなの建てようぜ！」

「地下の**洞窟**がオケピットになってんの」

「3階には**図書館**作って**ミップル**みたいにしよう」
男達のロマンが大爆発です。

強健王のオペラハウス

ドレスデンになんでこんなオペラハウスが作られたのかというと、ライオンの乳を飲んで育ったとの逸話ものこる強王**フリードリヒ・アウグスト1世**が1694年より**ザクセン選帝侯領**の選帝侯として統治したからで、**強健王**ともいわれる彼は**王太子**の頃、父の**ヨハン・ゲオルク3世**に命じられ、17歳で各国訪問の旅に出、その文化を学んでいます。

アウグスト1世が特に感銘を受けたのは**ルイ14世**が統治するパリと**ヴェルサイユ宮殿**の姿。彼はルイ14世に**鏡の間**での謁見を許され、好待遇を得ています。

ですので国に帰ってから、ドレスデンをヴェルサイユのように！　と思ったのでした。

ドレスデンは**七年戦争**の最中、**フリードリヒ2世**率いるプロイセン軍の侵略を受け大損失、これを機にザクセン王国は衰退、1918年に消滅します。

アウグスト1世はドレスデンに**ドレスデン城**、**ツヴィンガー宮殿**などを整備（**歌劇場**も作った）し、この地に〝**アウグスト・バロック**〟とも呼ばれる建物を築きました。

そのおかげでルイ14世が死去した後、仕事にあぶれたヴェルサイユの建築家や彫刻家、芸術家達がドレスデンに移動、アウグスト1世の加護を受けることになりました。

フリードリヒ2世もヴェルサイユ宮殿に影響を受けている人ですし、アウグスト1世がルイ14世と知己を得ていたのにムカつき「あいつの国、潰す」と進軍企てたのかもしれません。男の嫉妬はいつの世も醜いものですし……。

そしてアウグスト1世とルイ14世にしろ一時、いがみ合い戦争し合っていた時期があります。意味不明ですよね。男子って……。

されど自分の作品がドイツで評価されることになる不思議議に比ぶればマシと、ワイルドならいうやもしれません。ワイルドはシニカルな態度がアメリカで嫌われ派手なファッションがフランスではかなりの不評をかいました。まさか質実剛健のドイツが受け入れてくれるとは……。

ワイルドは**バイロン**を意識していましたが、バイロンはワイルドの登場なぞ当然、予見出来る筈もなく。

でもワイルドの『**獄中記**』を読んだら「おお、未来の**ションの囚人**よ！」きっと喜んだに違いない。

監房のうちは永遠の薄闇であつて、囚人の心のうちの永遠の薄闇に似てゐる。又、時間の世界にもはや動きがうしなはれたやうに、思惟の世界も動くともしない。（**阿部知二・訳**）

第5章

幽霊城とお姫さま

Janet Doughlas & Glamis Castle

ジャネット・ダグラスと
グラームス城

仮面をつけた囚人

——その囚人は、顔に鉄の仮面を嵌められて、最初はピグネロールの塔に幽屏された。続いて、舁床《かきどこ》に載せられ、聖《サント》マグリートの塔から、バスティーユにと護送された。

小栗虫太郎は監守長の記録などにのこるとし『**二十世紀鉄仮面**』でフランスに伝わる**鉄仮面伝説**を紹介しますが、虫太郎の書くよう**ルイ14世**の時代、**バスティーユ監獄**にはマスクで顔を覆い、副監守長が直々に世話をするやんごとなき囚人がいたようです。顔を見ようとする者あらば死刑の勅令があったことから、囚人をルイ14世の近親とする説が多く、**デュマ**はこれを双子の兄と設定し『**鉄仮面**』を書きました。

推測は後を絶たず、正体はルイ14世時代の大蔵卿**ニコラ・フーケ**との説もある。

フーケは蓄えた資産で**ヴォー＝ル＝ヴィコント城**なる**バロック様式**の豪華な**私邸**を建設。この素晴らしさにルイ14世が嫉妬し逮捕、バスティーユに送ったという。真偽はともかくフーケは建築士に**ルイ・ル・ヴォー**、造園師に**アンドレ・ル・ノートル**、室内装飾に画家の**シャルル・ル・ブラン**を起用し、その後、ルイ14世は彼らを**ヴェルサイユ宮**

殿建設の主任に据えていますので、自身の宮殿担当者をフーケから横取りしたのは間違いない。

つまりヴォー＝ル＝ヴィコント城はヴェルサイユ宮殿の雛型。臣下が先にそれを私財で作っては王の面目がたちません。逮捕理由は国庫金の横領ながら、ルイ14世のヴェルサイユ宮殿への情熱がフーケを牢へ閉じ込めることとなったは確かでしょう。

実際のフーケは不当逮捕に立腹し、**ピネローロ監獄**で裁判の記録を延々と書き続けたという。『鉄仮面』ならぬ**『巌窟王《がんくつおう》』**です。

イギリス名物の幽霊屋敷

バイロン卿が謳った**ションヨン城**にしろ『巌窟王』に登場する**モンテクリストの財宝**、それを狙ったとされる**チェーザレ・ボルジア**がスペインと**ユリウス2世**（**ローマ教皇**）の思惑で監禁された**モタ城**（脱走してしまうのだからチェーザレ、スゴい！）にしろ、**お城**が時に**牢獄**の役目を果たしたのは珍しいことではなく、バスティーユ監獄にしろ**百年戦争**の頃、イギリス軍との攻防の為に作られた**要塞**でした。**フランス革命**の時のように**教会**や**修道院**が牢獄の代用となるのもしばしばでしたし、**ラ・グランハ宮殿**のよう、修道院を**宮殿**やお城に改造するも珍しくはありませんでした。

従いてお城には幽霊が出るなどオカルトな噂が付きまといます。特にイギリス周辺のお城は幽霊譚が多く、亡霊の1人や2人住んでいなけりゃお城として名折れ――くらいに**幽霊屋敷**（**ホーンテッドマンション**）であるのはステイタスのあらわれです。

イギリスにはスコットランドとの国境で多くの兵士や囚われたスコットランド人の血が流された13世紀築城の**チリンガム城**――青い目の少年、夫と妹の不倫を恨みに想い彷徨う**メアリー・バークレー**の幽霊が出没する――がありますし、**テューダー朝**時代をしのばせるバロック様式の建物、**ハンプトン・コート宮殿**には、城主**ヘンリー8世**に姦通の罪をでっち上げられた**キャサリン・ハワード**の幽霊が無実を訴え、出る廊下がある。

かくある**幽霊城**でも古くから大評判なのは、ダンディー市と隣接するスコットランドのアンガスに建つ**グラームス城**。

ゴシック・リバイバルの流れを持つ**スコティッシュ・バロニアル様式**のお城は、三角錐の**尖塔屋根**を、古色蒼然とみせる石造りの**城壁**の上におき、広い緑の**庭園**を抱えながらいかにも幽霊城の風情を醸し出している。見栄えがいいからかスコットランドの10ポンド紙幣の図柄にもなっている。

14世紀、**ジョン・ライアン卿**が**スチュアート家**開祖である**ロバート2世**の娘を妻にした際、受け取ったのがグラームス領。そこに建つ城がグラームス城の始まり。**イギリス王妃**の**エリザベス・ボーズ＝ライアン**が幼少を過ごしたお城としても知られますが、彼女の出自**バウズ＝ライアン家**はジョン・ライアン卿の系譜、**ストゥラスモア・ジョン**が**バウズ家**の**メアリー・エレナー**と結婚した際、両家が合体し出来たもの、幽霊城ながらそこで育てられるのに文句はいえないのでした。

グラームス城は**シェイクスピア**の『**マクベス**』の舞台でもある。でも行ったことないらしい。シェイクスピア、そんなのばっかだ。

さまよえる灰色の貴婦人

グラームス城には**グレイレディ**——**灰色の貴婦人**と呼ばれる幽霊がいるといいます。

正体は1528年に死亡した城の主、**ジョン・リヨン**を魔術によって殺害したとして、**スコットランド王**、**ジェームズ5世**により**魔女裁判**にかけられ、**エディンバラ城**に監禁の後、1537年、火刑に処された妻、**ジャネット・ダグラス**とされます。濡れ衣と過酷な拷問が口惜しく、現在においてもグラームス城の**時計台**の下に現れる。

調べるとジェームズ5世が彼女を魔女裁判で魔女に仕立てようとしたは事実のよう。ジェームズ5世は1513年、父の**ジェームズ4世**が死去した為、急遽、生後1年5ヶ月でスコットランド王を継承させられた人で、当初、大叔父にあたる**ジョン・スチュアート**が摂政にあたっていたのですが、1525年から母親**マーガレット・テューダー**の再婚相手、**アンガス伯**である**アーチボルト・ダグラス**に軟禁され、実権を握られてしまいます。

囚われの身を免れたジェームズ5世は1528年より王として政権に復帰することになるのですが、差し当たり排除したいのは自分を非道いめに遭わせた憎きアーチボルト・ダグラス関係者。ジャネット・ダグラスはアーチボルト・ダグラスの妹です。ですから魔女疑惑をかけ、恨みを晴らそうとした。

ある資料によれば、魔女裁判にかけたはいいものの無理があり過ぎジャネット・ダグラスは釈放されたことになっていますし、違う文献をあたればジャネット・ダグラスがジェームズ5世の毒殺を企てたが故、魔女として火あぶりに処されたと書いてある。

火あぶりは彼女の子供達の目の前で行われた――と悲惨さを強調する記述もありますが、ともかく、まともな肖像画すら現存せぬこの夫人が、政治的な理由で殺されたのだけは察せられます。

グラームス城にはまだまだ怪奇譚が転がっていて、17世紀、全身、毛に覆われた獣のような赤ん坊が生まれ、一族はこの子を城の奥の**秘密部屋**に閉じ込め、死亡したなら部屋ごと、レンガで塞ぎ、塗り込めた。

その子供――**グラームスの怪物**の亡霊が今も城内に姿を現すだとか、怪物は今もまだ城のどこかで生きているとか、真相が明らかにならぬのをいいことに、好き勝手、いろんなオカルト話が闊歩しまくっています。

されどお城や屋敷の中に**監禁部屋**があるのはままあることで、東西問わず名家には一人くらい、発狂している者がおりました。

そういう者は体裁の為、牢に入れられましたし、嫡出子として見栄えが良くない者も牢に放り込まれました。グラームス城に魔女として裁かれたジャネット・ダグラスのみならず怪物と称される子供の逸話があるのは、監禁部屋、あるいは**座敷牢**が名家において何故必要だったかの理由を浮き彫りにします。

とはいえ、**監獄**はエロスを喚起させる装置でもあります。**マンディアルグ**の『**城の中のイギリス人**』では**獄舎**として用いられたとおぼしき隔絶の**古塔**で終日、不埒な行いが繰り返されますし、**マルキ・ド・サド**の『**ソドム百二十日**』もまた、人里離れた**城館**でありとあらゆるエロティックな背徳と拷問が行われる**暗黒小説**。

1740年生まれのサドはこれをルイ14世の治世時と設定し、囚われたバスティーユ監獄の中で書いていました。

バスティーユ監獄は社会的地位のある罪人しか入れず、鉄仮面の囚人であらずともそこそこに皆、待遇が良かったそう。**オスカー・ワイルド**の入った**ワンズワース監獄**、**レディング監獄**は狭く、重い懲役もあり過酷な環境だったらしいですが……。

Elisabeth Báthory & Čachtický hrad

エリザベート・バートリとチェイテ城

血まみれの伯爵夫人

16世紀、人里離れたハンガリーの寂しい山の頂きに建つ古城で、生き血を美容の秘薬とする為、600名以上の処女らを殺したと伝えられ**〝血まみれの伯爵夫人〟**の異名をとる**エリザベート・バートリ**の逸話が大好きで、僕はそれを**『鱗姫』**という小説のモチーフにもしたし、スピンオフさせ、**高橋真琴**先生との共作絵本**『うろこひめ』**も作りました。

ハプスブルク家の眷属にして、**ポーランド王**の**ステファン・バートリ**を叔父に持つトランシルヴァニア公国の名家、**バートリ家**の子女に生まれたエリザベートは、軍人の家系である5歳歳上の**ナーダシュディ家**の**ナーダシュディ・フィレンツェ2世**を許婚と決められ、11歳で夫の母に身柄を預けられ、妻、女性としての教育を仕込まれます。

使用人の腕に噛み付くなど残酷の性癖を幼少から持ったエリザベートは、時に激しい癇癪《かんしゃく》を起こすことがありました。しかし、陰鬱ではあるけれど人間離れした美貌も備えていた。

肌は透き通り蝋人形のよう、周囲はあやかしの戦慄を覚えつつ、彼女を眺めました。

1575年、15歳でナーダシュディと結婚。スロバキアのヴラノフにある**ヴァラーノ城**で盛大な挙式を行います。ハプスブルク家出身の**神聖ローマ皇帝、マクシミリアン2世**からも豪華な祝いが届きました。

エリザベートが〃血まみれの伯爵夫人〃となるのは、国境沿いの小カルパチア山脈とダニューブ低地の谷間の村の外れの坂をのぼった山上にある**チェイテ城**に居を移してからのこと。現在は崖の上に**城壁**をとどめるのみですが、元は**ロマネスク様式**、13世紀に**ゴシック様式**で改築された**城塞**です。

戦地に遠征、夫はほぼ家にいないのでエリザベートは、厳格な義母の目を盗みつつ、**お城**で宝石を並べたりドレスを取っ替え引っ替えしながら退屈を紛らわせていました。

鏡で自分の顔を一日中、見ているだけのこともあった。男女問わず多くの愛人と不貞行為を重ねた淫乱症との風評もあります。

乙女の生き血を求めて

そしてある日、事件が起こる。

朝の身支度時、侍女が梳かしていたエリザベートの髪に櫛をからめてしまった。激怒したエリザベートは思わず化粧箱の中のヘアピンで侍女の顔を刺した。鮮血がエリザベートの腕にかかる。彼女は本格的に折檻を開始しようとしたが、血を拭き取った箇所の自分の肌が幾分、白くなったように見える。この時、彼女はもはや花の盛りを過ぎ、薬草などあらゆる老化防止を試していた。女のコの血には回春の効能がある！　信じ込んだエリザベートはそれより、若い侍女を殺し血を求め始める。城から女子がいなくなると下男に命じ、村に調達に行かせる。男性を知らぬ処女の血がより効果を持つ。侍女にしてあげますからと連れていかれるものの帰ってくる娘が一人もないので、やがて村人達は訝り始めますが、それでも報酬をはずむとどの親も子供を差し出しました。中世とはなんと大らかだろう！

これ以前にもエリザベートはお仕置きと称し生爪を剥いだり、意味なく焼きごてを当てたりして侍女の苦悶を堪能していましたが、目的が定まれば、好きこそものの上手なれ——エスカレートするしかありません。

義母が死にその後、夫も死にチェイテ城がエリザベートの所有になってからは、やりたい放題。簡単に殺してはつまらないので、**鉄の処女**（**アイアンメイデン**）なる釣鐘《つりがね》状の、内部に針が付けられ、人を入れ徐々に扉を閉めれば全身に針が刺さっていく拷問道具を作らせ、レモンを絞るかの如く乙女の血を得たり、やはり内部に棘がついた巨大な鳥籠《とりかご》に犠牲者を入れ、高く吊り上げ下から火かき棒で突き、血だらけになる娘のしたたりをシャワーのように受けながら歓喜に耽ったり。

しかしこれだけの無情をしながらも死体は庭に埋めたそう。

土を掛け、上にバラの苗木を植えたという。こういったことから女子に加虐性欲を抱く倒錯者と分析されもしますが、中国には殷《いん》の時代、炎の上に銅の棒を用意し、油で滑りやすくしておいて罪人に素足で渡らせるのを見てゲラゲラ笑っていた**妲己**《だっき》というお姫さまもいます。妲己も美女だったそう。キレイなバラは棘を持つってことです。

罪人は伝説となる

妖術師達と黒ミサに興じるもしたそうですので、お城と財産を独り占めする為、画策し、義母と夫を殺したとの推測もあります。

生き血を採集する遊びは大抵、お城の**地下室**で行われました。

しかし隠蔽工作がずさんだったので、その行為は早い時期から人の耳に入っていました。彼女が捕縛されるのは1610年、村娘のみならず貴族の子女にも手を出してしまったので、身分のある人だからとて知らぬ振りも出来なくなり、チェイテ城に役人の捜査が入ります。

関与した使用人らは火刑に処されましたが、エリザベートは生涯、チェイテ城に監禁という罰ですみました。バートリ家が権力を行使し、彼女の罰を軽減したのです。

どこまでが本当の話かはまるで解りません。

中世の裁判は被告がいかに非道い人間かを立証する為、あることないこと思い付く限り並べたてます。特に**宗教裁判**では背神が問われるので、近親相姦や魔術に関与した咎を捏造されます。

マリー・アントワネットも裁判において当時、8歳の息子**ルイ17世**に性行為を強要、近親相姦にあたると根も葉もない告発を受けました。この時はさすがにぼうっとしたお姫さまながら、アントワネットは憤り、イエスともノーとも言わず、「答えません。それはここにいる全ての母親に向けた侮辱です」。屹然《きつぜん》の態度を取りました。

傍聴席の女性達は思わず拍手をしたそうです。

エリザベートは吸血鬼のモデルとされることもありますが、**ドラキュラ**のモデルとして最も著名の**ヴラド3世**にしろ敵兵を串刺しにし〝**串刺し公**〟の異名をとっただけ。話の発祥である**ブラン城**に住んでない。

ブラン城は彼の祖父のお城で、なんとなくこっちの方が見映えが怪しいからと、吸血鬼の城になった。

シャントセ城で悪魔召喚にふけり大量の児童にソドムな行為をし殺害、腸を出し恍惚とした**ジル・ド・レ侯**もエリザベートと比較がなされ、**ペロー**の『**青髭**《あおひげ》』の元となる青髭伝承のモデルとされますが、まるで別人だそう。

バタイユはエリザベートについて「これから一世紀ほど後になって、ハンガリアの大貴婦人が侍女を数多く殺す事件がおきるが」と触れつつ「この青髭は名前だけ変わっただけのジル・ド・レであるし、また場合によっては、一番流布されている伝説通りの青髭像がジル・ド・レの性格に影響を及ぼしていることもある」――ジル・ド・レ侯を青髭にしたのは異なる地域ながら、ダーク・ヒーローを実在させたいそれぞれの地の民衆の願望だったろうと『**ジル・ド・レ論**』で語ります。

ジル・ド・レは絞首刑になってます（お金使い過ぎて破産したからかな？）。そして殺した子供達の死体は、お城の使っていない部屋に投げ込んでいます。

この辺はやはり男子なのでザツ。

エリザベートの裁判はハプスブルク家と昵懇である**宮中伯**の**トゥルゾー・ジェルジ**なる**ルター派**の人がやりました。

マクシミリアン2世は個人的にルター派を容認するものの**プロテスタント**と対立しなければならず、当時、ハプスブルク家の中ではバートリ家の権勢を弱めようとする動きもあった。ですので、実は3人くらいしか侍女を殺しておらず後の記録はデタラメかもしれません。少なくとも鉄の処女なんて作っていないでしょう。

地下に鉄の処女が残るのは、**メアリー・バークレー**の幽霊が出る**チリンガム城**ですしね……。

ドラキュラや青髭同様、逸話や情報がごっちゃに混じり合い、まとめられ、エリザベートが使ったことにされたのでしょう。裁いたトゥルゾー・ジェルジすらそこまで捏造してないかも……。

僕は10代の頃、**オーストリア妃**の**シシィ**より先に、エリザベート・バートリを知ったのでずっとシシィが〝血まみれの伯爵夫人〟だと思い込んでいました。

写真を見て、なるほどこの美貌ならやりかねないと納得していました……。

偏見とは怖いものです。

ファナ王女とサンタ・クララ修道院

Juana & Mosteiro de Santa Clara-a-Velha

夫の死体に蘇生のキスを

カトリック両王と呼ばれし**アラゴン王**、**フェルナンド2世**と**カスティーリャ女王**である**イザベル1世**の娘に生まれ、姉**イザベル・デ・アラゴン**と息子が早逝、母も死んだことから**ハプルブルク家**――**マクシミリアン1世**の長子**フェリペ1世**（**ブルゴーニュ公**）に嫁いだものの26歳で**カスティーリャ女王**として承認（1506年）された**ファナ**は、夫にも同年、流行り病で先だたれ、現実が受け入れられず、埋葬を拒否、葬列の従者に棺を担がせ、松明の灯りで国中を彷徨い続けたとされます。

時折、棺を下ろして開き、蛆《うじ》の湧く夫の死体に接吻をし蘇生を待った。

ブルゴーニュとスペインの和平を画策した政略結婚でしたので、彼女には国力を誇示する為、総勢2万人、130隻の大艦隊で海路を渡る途方もない規模での輿入れが用意されました。ポーツマス港に停泊した時は、群衆に混じり**イギリス国王**、**ヘンリー7世**がこっそり見にくるほど。

フランドルに到着した16歳のファアナは婚礼まで、リールという町の**修道院**で待機させられますが、9日め、18歳のフェリペ1世が内密で現れます。美しい妃の噂を耳にしフライングしてきたのです。フェリペ1世も**端麗公**の名をとる美形でした。顔を合わせた刹那、2人は恋におちます。「今すぐ式を!」、数日すればブリュッセルの**大聖堂**で壮大な婚礼がなされるのに2人は待てませんでした。

修道院の院長は若い情熱に負け、その夜、2人に祝福を与えました。

激情的なお姫さま

熱情故、時に極度な行動を起こし〝狂女〟と扱われたファナ姫! 彼女は狂った女王ではなく狂った女子だった。

ファナが最初に幽閉されたのは後に**チェーザレ・ボルジア**が収監される**モタ城**。

1502年、懐妊中に夫とスペインに戻り、翌年、4人目の子供（後の**神聖ローマ皇帝・フェルナンド1世**）を出産した彼女は、先にフランドルに帰った夫に早く逢いたかったのですが、スペインとフランスで小競り合いが起きている折、フランス領経由の帰路は危険と母に説得され、しばし故郷を発つのを断念します。しかし諭したには異なる理由がありました。フェリペ1世が「ファナは精神が不安定故、カスティーリャの王位継承は難しい。自分が代行する」と密かに申し出ていたので、娘婿の欲深さを警戒するようになっていたのです。

フランスとはすぐに停戦条約を結んだけれど、ファナに事実は隠される。やがて知ったファナは激怒し、馬車を用意しろ、出来ないなら着の身着のまま裸足でも夫の元に帰ると側近に伝えた。イザベル1世は彼女が逗留するモタ城の**跳ね橋**をあげさせ、城の外に出られないよう手配。イザベル1世が3日後、面会に行くと、目だけをギラつかせ獣のように薪《まき》の火の前に蹲るファナの姿があった。イザベル1世は娘の頑強な態度に驚き、フランドルに戻るのを許可するしかありませんでした。

しかし新たな悲劇が待ち受けていました。先に戻った夫が、女官と浮気をしていたのです。この時代、国王のそのような遊びは大目にみられるが常でしたがファナはゆるさなかった。相手の女官と一緒に**刺繍室**で**刺繍**に興じている時、その女官が彼の心は私にありますなどと言い出したもので、ブチギレ、掴みかかると女官の長い髪をハサミで切ってしまいます。こういうところが大好きで、ファナは僕が最も尊敬するお姫さまです。

一途な愛への敬意

同年、イザベル1世がモタ城で崩御。カスティーリャ王位継承権が譲られることとなりフアナは1506年、また、スペインに戻ります。

フェリペ1世もその王位目当てに随行、されど流行病にて死去。葬列を徘徊させることの新しい女王を、今度は父のフェルナンド2世が幽閉しなければなりませんでした。

ヘンリー7世から寡婦になったフアナを娶りたいとの話もきていた。

彼はフアナの妹、**カタリナ**（**キャサリン・オブ・アラゴン**）を妻にした**ヘンリー8世**の父。カタリナがヘンリー8世の兄の妻であった為、教会法に反するというのをねじ伏せた黒幕はヘンリー7世でした。カタリナの持参金を返したくないというセコい了見があり、認められないなら自分の嫁にしようとまで考えていた。いくら和平の為でもそんな男（そしてもう年寄り）に娘を嫁がせられません。

1509年、フアナは29歳で**トルデシリャス城**に幽閉され、ここで死去する75歳まで暮らします。夫、フェリペ1世はそこから近い**サンタ・クララ修道院**に安置されました。

トルデシリャス城は現存せず、石造り、14世紀の**カスティーリャ王**、**アルフォンソ11世**により建設された、**イスラム教**と**キリスト教**が合体した**ムデハル様式**のサンタ・クララ修道院が残るのみ。

記述を見ると幽閉されたのはトルデシリャス城、サンタ・クララ修道院と異なる場合がありますが、チェーザレ・ボルジアのよう罪人ではなかったので、ファナは同じ敷地内にあるトルデシリャス城とサンタ・クララ修道院を比較的自由に行き来出来たのだと思います。サンタ・クララ修道院の部屋には、ファナが子供の頃に弾いていた小さなクラヴィコードがまだあります。

モタ城のよう跳ね橋をあげられてはおらずとも、以来、夫を失った喪失の牢獄にい続けたことは事実です。精神状態は常に不安定。絶望かヒステリーのどちらかにしか居場所がなく、身だしなみに気を配ることもせず、食事も無理に口に突っ込まないと摂らず、食欲がある時は手づかみで食べていたと記録に留められます。1516年のフェルナンド2世の崩御も彼女には知らされませんでした。彼女の監視役は、彼女の行状《ぎょうじょう》を悪魔憑きだと考え、悪魔祓いの儀式を執り行うことまでした。

それでも彼女がカスティーリャ女王であるのは事実。署名というものが理解出来ない女王の許可が必要な場合、臣下は求める文言を引き出す芝居を打ち、「ああ、それはいいことですね」――彼女の言葉尻のみを引き出して、採用する。長男の**カルロス**を**カルロス1世**としてカスティーリャの次期王とする詔もそうして出させたものでした。

しかし幽閉されてからたった一度だけ、一瞬、ファナの正気が戻ったことがあったのです。

新国王を踏襲したカルロス1世の課税に不満を抱く都市議会が王権からの解放を求め蜂起（**コムネロスの反乱**）し、鎮圧された際、反乱軍に付いていた**フィレイヴァン・ド・ベルゲンロード**の恩赦を乞う手紙に、彼女はサインをしています。

フィレイヴァンは長年、ファナに仕えてきた女官、**ヘルトルーディス・ヴェルチェッリ**の恋人。「女王より他、彼を救える者はおりません」ヘルトルーディスが懇願すると、ファナは途端に女王としての風格を取り戻し「私の元を去って彼と結婚するつもりですか？」と訪ね、ヘルトルーディスが頷くのを見るとペンを取り、かつて母のイザベル1世がしたのと同じ要領で嘆願状に自分の名を記したといいます。

カルロス1世に届く前にフィレイヴァンは処刑されてしまうのですが、カスティーリャ女王の座（死ぬまで彼女は女王の座を放棄しなかった）についてから最初で最後の署名でした。

フェリペ1世に嫁いだ時も、彼女は恋人のいる侍女が親からの縁談を断れず悲しんでいるのを見て、王妃権限で破棄させ、思い通りの結婚をさせたことがありました。

フィレイヴァンは元々フェリペ1世がスペインに連れてきた臣下で、ファナ付きのヘルトルーディスと昵懇になることでスペイン宮廷での出世を目論んだ姑息な男です。幽閉される以前、ファナは魂胆を見抜き、彼にたぶらかされぬようにとヘルトルーディスに度々の忠告をしていました。

ファナは真実、不実にかかわらず、一途な愛に価値をおいた人だったのだと思います。現在、カトリック両王、2人の墓が並ぶグラナダの**ゴシック様式**の**王室礼拝堂**に、ファナの墓とフェリペ1世の墓も置かれています。

フェリペ1世にとっては、少し居心地が悪い寝床かもしれません。

アン・ブーリンとロンドン塔

Anne Boleyn & Tower of London

監獄としてのロンドン塔

牢獄、あるいは**処刑場**として古くから幽霊や怪奇現象の噂が絶えないテムズ川岸に建つ**ロンドン塔**は、1078年に**ウィリアム1世**が**要塞**として作ったものを起源とします。**宮殿**、**動物園**として使用されたこともある。

監獄の役目を果たすのは1282年から。ここに収監されたり処刑された人は、**ヘンリー6世**（1471年に処刑）、**トマス・モア**（1535年に処刑）など数え切れませんが、最も有名なのは**アン・ブーリン**でしょう。

今もロンドン塔には彼女の**幽霊**が出るといいますし。

ロンドン塔は1078年、ノルマンディ地方の**石灰岩**を用い最初に建てられた**ホワイトタワー**の他、**ブラディータワー**（1483年に**エドワード5世**と弟の**リチャード・オブ・シュルーズベリー**が監禁の後、窒息死させられた）、複数の囚人を収容する**ピーチャムタワー**などからなる施設です。

アン・ブーリンは**王室礼拝堂**の前に位置する**タワーグリーン**にて斬首刑に処されまし

た。悪いことをした訳ではありません。アンの侍女であり彼女のはとこに当たる**ジェーン・シーモア**を次の嫁に迎えたく、夫の**ヘンリー8世**が、魔女だとか不貞をおかしたとか嘘八百を並べ、葬ろうとした結果でした。彼女の他、侍女など数名も逮捕され、処刑されました。彼女の弟、**ジョージ・ブーリン**は姉との近親相姦を捏造され死刑。その10日後、ヘンリー8世は揚々としてジェーン・シーモアと結婚式を挙げています。

この王さま、史上最悪ですよ……。

アン・ブーリンの苦しみ

元々、アン・ブーリンは名家の生まれではありませんでした。

されど、**シャルル8世**が**アンヌ・ブルターニュ**を娶る為に婚約を破棄してしまった**マルグリット・ドートリッシュ**（1495年、**カスティーリャ女王**、**イザベル1世**の唯一の息子、**アストゥリアス公**の**ファン**と結婚。彼女の兄**フェリペ1世**はファンの妹の狂女**ファナ**と結婚している）に子供の頃、教育を受けたので、立ち居振舞いの問題はありませんでした。

ファンが早逝したもので、マルグリットは1501年、シャルル8世の従弟、**サヴォイア公、フィリベルド2世**と再婚。彼女はファナの子供達も預かり、教育を施したといいます。

1521年、アンは宮廷に仕え、後、ヘンリー8世の最初の妻、**キャサリン・オブ・アラゴン――カタリナ**（ファナの妹）の侍女になります。ヘンリー8世は、兄の妻だったカタリナとの結婚は近親相姦とする**教会**に盾突き、彼女を娶った癖にカタリナが死産、流産を繰り返し女の子（**メアリー1世**）しか産まなかったので、心変わりし、その侍女であるアンに執心し始める。

アンは嫌だったそうです。彼女がマルグリット・ドートリッシュの元で学んだ教養、作法はフランス仕込み。当時、宮廷であろうともイギリスのそれは野暮ったかった。アンはヘンリー8世の誘いに困り、実家の**ヒーヴァー城**に逃げて帰ったほど。

しかし拒まれるほどヘンリー8世のエロ心は燃え上がる。とうとう、押しの一手でヘンリー8世はアンの心を掴んでしまいます。

本当の悪、ヘンリー8世

アン・ブーリンは目立つ容姿でなかったそうです。目も髪も黒くどちらかというと地味。カタリナが美人だったので、それに仕える**陰キャ女子**にムラっときたのか？

ヘンリー8世は当初、アンを愛人にし子供を産ませたいだけでした。でもアンとしてはそれでは困る。彼女には一緒に宮廷に仕えていたお姉さん（**メアリー・ブーリン**。姉ではなく妹だったと考える学者さんもいます）がいて、ヘンリー8世はそのお姉さんに手を出し、子供を産ませるも、すぐに飽きて捨てちゃっているのです。ですからもし、それだけ私を愛しているのだとおっしゃるのなら正妻にして下さいまし、とヘンリー8世にすごんだ。ヘンリー8世は、わかった！　と、カタリナと離縁する策を講じはじめる。

そして「よーく考えたらカタリナは兄の嫁だったんだし、自分と結婚してるってのはおかしくね？　教会も認めないと言ったじゃん。結婚は無効。俺、まだ独身」――と、身勝手なことを言い始める。

このジャ**イアン**的発想に皆、呆れ果てるのですが、ヘンリー8世は**イングランド国教**

会を設立、カタリナとの結婚を白紙にし、1533年、アンと結婚。

カタリナを**キンボルトン城**に幽閉し、彼女が1536年に**お城**で死んだ知らせを聞くと祝杯をあげたといいます。

でも王位継承者となる男子は出来ませんでした。生まれた子供は女子（後の**エリザベス1世**）、次は流産。これによりまた、ヘンリー8世はジャイアン化します。

「アンってポンコツじゃね？　ってかこの国を呪う魔女だよ！」

この時、すでにヘンリー8世はジェーン・シーモアに目をつけていました。流石に今度は結婚を白紙に出来ないので、アンを魔女に仕立て殺すことにした。

ですので、無実のアンの幽霊が今もロンドン塔に出没する。

こうしてヘンリー8世が迎えた3人目の妻のジェーン・シーモアは元、アン・ブーリンの侍女、その前にはカタリナの侍女をしていた女性です。どんだけ陰キャラが好きやねん！　というか、単にメイド好き？

アン・ブーリンを処刑しヘンリー8世がジェーン・シーモアを妻に迎えたのは、1536年。

ジェーンは1537年、待望の男子、**エドワード6世**を生みますがその後、すぐ産褥死。ヘンリー8世は肖像画を見て一目惚れした**ユーリヒ＝クレーフェ＝ベルク公、ヨハン3世**の娘の**アン・オブ・クレーヴズ**を次にドイツから娶りますが、絵と余りに違ったので半年で離婚します。

幸い、この結婚への言いがかりは出来なかったので、アン・オブ・クレーヴズは年金と**ベイナーズ城**をもらい余生を静かに送るのですが、釈然としないヘンリー8世は仲介役の家臣、**トマス・クロムウェル**をやはりロンドン塔で斬首しました。そして次に**キャサリン・ハワード**を娶りました（1540年）。

このキャサリンも、ヘンリー8世は姦通罪で投獄、1542年、ロンドン塔で処刑します。まるで**青髭**。

彼女は無実を訴え、捕獲される寸前、その手を振り切りヘンリー8世に嘆願しようと、**ハンプトン・コート宮殿**の**回廊**を疾走したけれども捕らえられ、泣き叫びながら連行され、今もハンプトン・コート宮殿の回廊にはキャサリンの幽霊が出るという。

キャサリン・ハワードはアン・ブーリンの従妹。ヘンリー8世は彼女がアン・ブーリンに侍女として仕えている時、好きになっている。

やっぱりヘンリー8世……只のメイド好きだ！

最後にヘンリー8世が妻として迎えたのは、資産家で父、**ヘンリー7世**の臣下でもあった**トマス・パー卿**の娘の**キャサリン・パー**、2人の夫に先立たれた未亡人でした。

ヘンリー8世は彼女が、カタリナの侍女とアン・ブーリンの侍女を務めたこともある姉を持つ**トマス・シーモア卿**と結婚しようという矢先、横取りします。この時、もうヘンリー8世は51歳、彼女とは20歳歳が離れていましたのでメイド属性より、本当に自分を看病してくれて**イギリス国王**の妃としてもふさわしい人を優先したくなったのでしょう。実際、彼女は聡明で、ヘンリー8世に掛け合い、彼のせいで庶子扱いとなっていたカタリナの娘のメアリー1世とアン・ブーリンの娘、エリザベス1世に**プリンセスの王位継承権**を与えています。

ヘンリー8世は1547年、55歳で死亡、死因はエロいことばかりして罹った梅毒が原因と伝えられます。**ホワイトホール宮殿**でキャサリン・パーが最期を看取りました。

ロンドン塔やハンプトン・コート宮殿に幽霊が出るか否かは知りません。ですが、**リーズ城**の項における〝貴婦人の城〟の呪いと共、ヘンリー8世に翻弄されたお姫さま達の呪いも、きっと存在するのです。それがヘンリー8世に最後の妻としてキャサリン・パーを選ばせ、メアリー1世やエリザベス1世の名誉を回復させたのです。

Mary Stuart & Edinburgh Castle

メアリー・スチュアートとエディンバラ城

17歳の寡婦

お姉さま、私は知っています。私達の信頼がどんな風雨や荒波にも負けないのを。でもお姉さま、時に運命は裏切ろうとします……。

『メアリー・スチュアート女王の詩』は、幽閉された**スコットランド女王**、**メアリー・スチュアート**が**イギリス女王**、**エリザベス1世**にあてた詩を元にした**シューマン**の歌曲。

エリザベスは一度も面会しませんでした。**ヘンリー7世**を介し又従姉妹、お姉さま、我が妹と呼び合う手紙を頻繁に交わした2人のそれは社交、心の底では憎悪し合ったともいわれますが、真実を察するは不可能でしょう。

メアリー・スチュアートは1542年、**スコットランド王**、**ジェームズ5世**とフランス貴族、**ギーズ家**の**メアリー・オブ・ギーズ**の間に生まれました。ジェームズ5世の急死で、生後6日目、王位を継承します。**ヘンリー8世**から息子、**エドワード6世**との婚約を提案されますが、メアリー・オブ・ギーズは**キャサリン・ハワード**を斬首したばかりの彼に娘を託すなど考えられない。彼女は1歳歳下の**フランス王太子**、**フランソワ2世**を婚約相手に選び、1548年、娘を5歳でフランス宮廷に送り出します。

1558年、結婚しますが、病弱のフランソワ2世は、父の崩御で王位継承するものの一年後、死亡。メアリーは15歳で花嫁、17歳で寡婦となります。義母の**カトリーヌ・ド・メディティス**は夫のアンリ2世が死ぬまで愛妾**ディアーヌ・ポワティエ**にかまけていたので、**シャルル9世**を摂政にようやく権力を行使出来る立場となり、メアリーの面倒をみている暇はない。18歳でメアリーは国に帰される。この時、ようやくメアリーは、カトリーヌが王妃だったことを知り、びっくりしたといいます。

エリザベスとの友情

1558年はエリザベス1世にとっても節目でした。かつてエリザベスは同じく**プリンセス**の継承権を持つ**メアリー1世**と共、エドワード6世崩御後、女王となった**ジェーン・グレイ**を僅か9日で引き摺りおろし**ロンドン塔**に監禁しました。そしてメアリー1

世の方がお姉さんなので女王になった（1553年）。

しかしメアリー1世は〝**血塗れのメアリー**〟とアダ名される暴君と化します。エリザベス1世すら、反逆罪を該当させロンドン塔に幽閉してしまう。

そのメアリー1世が**セント・ジェームズ宮殿**で死去したのが1558年。イギリス女王の座はエリザベス1世に譲渡されます。

エリザベス1世は早い段階からメアリーを気にしていたらしい。

どちらも独身で一国の女王。歳はメアリーの方が9歳若い。そして可愛い。自分は庶子にされたりロンドン塔に閉じ込められたり艱難辛苦《かんなんしんく》の末、女王になったのに、メアリーは10代をフランスで過ごし母国で楽しげに女王生活……。張り合いたい気持ちは理解出来ます。首に**ラフ**を巻くにしろ、エリザベスがやると貫禄あり過ぎで怖いのにメアリーがやるとオシャレ感満載。

メアリーにしてみれば、でも歳上の——政治力もある頼もしい女王さまが気にかけてくれるのだし、嬉しい。お姉さまの為にもっと可愛くなろう！　出してはならぬやる気を出してしまう。メアリーは無邪気な人でした。

最期は緋色のドレスで

悲しみしか持たぬ私は、君主としての誇りなど持ちません。愛する人よ、期待より安らぎの祈りをお与えください……。

スコットランドに戻ったメアリーは、1565年、エディンバラの市街を鳥瞰《ちょうかん》する**キャッスルロック**と呼ばれる岩山に建つ**エディンバラ城**で初めての出産を体験します。

エディンバラ城には、12世紀、ここを王宮とした**マルカム3世**の王妃に捧げられた**ノルマン・ロマネスク様式**の**セント・マーガレット礼拝堂**、**ブルゴーニュ公**の**フィリップ3世**が**ジェームズ2世**に贈呈した**モンスメグ**と呼ばれる巨大大砲などが現存する。**地下牢**ものこされ、亡霊が徘徊する**幽霊城**としても知られます。

メアリーは、23歳で、4歳歳下の洒脱でハンサムな**ダーンリー卿**（**ヘンリー・スチュアート**）と1565年、エディンバラ城から近い**ホリールード宮殿**で再婚します。

ダーンリー卿の家柄はそこそこながら、周囲は反対でした。しかしすでに両親が死に、異母兄の**マリ伯**、**ジェームズ・スチュアート**が実権を握る中、女王といえメアリーは特にやることもなし。彼女は結婚相手くらい自由に選ぶ！　と言い張ります。

あまた結婚相手を紹介されましたがどれも国益を考慮してのもの。エリザベス1世にしても、自分の恋人だった**ロバート・ダドリー**を推薦してくる（これは、おさがりという百合的な思惑かもしれません）。されど結婚してみると、ダーンリー卿は女王の夫であることを笠に着るだけのダメ夫。その上、彼女が寵愛した音楽家でもある秘書官、**デイヴィッド・リッチオ**との不倫を邪推、ホリールード宮殿の一室で皆を交え談笑する中、仲間と共に乱入、メアリーの前でリッチオを刺殺してしまう。

エディンバラ城で、メアリーはダーンリー卿との間に出来た**チャールズ・ジェームズ・スチュアート（ジェームズ6世）**を産みました。名付け親はエリザベス1世。

夫との不和が決定的になった矢先、フランスからの帰国の折、万全の配慮をしいた海軍司令官、**ボスウェル伯（ジェームズ・ヘップバーン）**が彼女の前に現れました。今まで親しんだことなき歳上の偉丈夫。恋に堕ちた2人はダーンリー卿殺害を計画。1567年、メアリーは夫をエディンバラ郊外の**修道施設**に療養目的で住まわせ、ボスウェル伯が火薬で施設を爆破。瓦礫の下からはダーンリー卿の絞殺体が出ました。

こうして同年、2人は結婚するのですが、両名がダーンリー卿を殺したのは誰の目にも明らか、非難の声が湧き上がります。結婚式の日には街中に「夫殺し」「売春婦の女王」と書かれたビラが貼られ、怒号が飛び交いました。

これに乗じ、ダーンリー卿派閥の中心人物、**ジェームズ・ダグラス**率いる反乱軍が蜂起。2人は分かれて逃走しますが、ボスウェル伯はデンマークで拘束、**ドラグスホルムの収容所**で獄死、メアリーもとらわれ幽閉された**ロッホリーヴン城**で女王の座を放棄、息子に王位を譲る書状にサインさせられます。

新国王ジェームズ6世の摂政はマリ伯でした。

しかしメアリーは脱獄に成功。ロッホリーヴン城の城主の息子、**ジョージ・ダグラス**が彼女に魅了され逃してしまうのです。メアリーは6000の兵を集め王座奪還を試みるものの失敗。エリザベス1世の庇護を求めイギリスにわたり**ダンドレナン修道院**に。そこから**カーライル城**に身を寄せますが実質、エリザベス1世の監視下におかれます。

エリザベス1世は**タットベリー城**、**シェフィールド城**などいくつかのお城にメアリーの身柄を移しますが、1586年、**フォザリンゲイ城**に移送した翌年、彼女の処刑にサインをします。

約20年間、死刑を躊躇し続けた心中は不明ですが、従妹であることが理由ではなかったでしょう。国家と結婚していると宣言した自分に、女王であるより女子であることを優先した彼女が裁けるのか？　それはもう一人の自分を殺すことではないか？

かつて義姉が自分をロンドン塔に閉じ込めた理由と、私があなたを閉じ込めている理由は違う。肉体は殺せても、私はあなたの魂を殺せないだろう……。

嗚呼、愚かなる妹よ……。

1587年の2月8日、メアリー・スチュアートはフォザリンゲイ城の広間で斬首されました。執行人が纏っていた彼女の漆黒の上着を脱がせると、緋色《ひいろ》――真っ赤な血を思わせるドレス。メアリーは齢44になっていましたが、少女の面影をのこし、待ちわびた表情で処刑人の目隠しに応じました。落ちた首を掲げる為、処刑人が髪を掴むとそれは鬘《かつら》、生首が床に転がった。長い幽閉と絶望で彼女は白髪になっていたのでした。

タットベリー城にはメアリーの幽霊が出る。甲冑の騎士の亡霊も出る。

ある人は、その騎士を彼女を守るナイトなのだという。

スコットランドの人達は、このムチャクチャなお姫さまを、今も敬意と親しみを込めて、**クウィーン・オブ・スコッツ**――と呼びます。

付録

ヴィクトリア女王と水晶宮

――あとがきにかえて

1851年、世界初の**万国博覧会**の会場としてロンドンのハイドパークに建てられた**水晶宮**（**クリスタル・パレス**）は、鉄骨とガラスで作られた**半円型天井**の**袖廊**を持つ長さ約563、幅124メートルの巨大建築で、北側には285×15メートルの増築部分があったといいます。**ヴィクトリア朝**の栄華を示すこの建物のあらましは、**松村昌家**《まつむらまさいえ》氏の大著『**水晶宮物語**』に詳しいので引用すれば「建物全体の占める土地面積は約十九エーカー、ローマの**サン・ピエトロ寺院**の四倍、**セント・ポール寺院**の六倍の大きさに相当するということである。」

なぜそんな天井かというと、古い楡の木があり、あの木を切り倒すのか！　市民から非難が沸いたが故で、それなら木をそのまま収納しましょうと、**ジョセフ・パクストン**が33メートルにも及ぶ半円型天井の設計案での解決を提案したからでした。

ジョセフ・パクストンは建築家ではありません。農家に生まれ、15歳から庭師の修業を積みその腕を磨いてきた職人さん。

水晶宮における彼の妙案は、過去、日光を採取し蓮の栽培を効率よく行う**温室**を作った経験から出たものでした。温室で彼は少女が乗っても沈まない蓮の栽培に成功したらしい。以降、水晶宮の建設で成功した後は、植物学者、**ジョン・リンドリー**を助手に迎え、現在も**ボタニカルアート**のファンの間で評価の高い多色刷りの『**植物学雑誌**』、『**園芸家年鑑**』などの編纂を精力的に行いました。

水晶宮は約30万枚のガラス板を用いながらも半年で完成。**プレハブ住宅**を作る要領でのシステムが工期短縮につながりました。

＊　＊　＊

「女王陛下のご命令により、ただ今をもって博覧会の開催を宣言する」

バッキンガム宮殿から到着した**ヴィクトリア女王**が、夫の**アルバート殿下**と共、長女と長男の手をひきながら会場を回り、参加国から送られてきた展示品――日用品から機関車、軍事兵器まで――を見終え、館内中央の楡の木と、前に設えられた**フォレット・オスラー**作の3層からなるクリスタルガラス製の**噴水**の前に戻ってきたならば、開会の宣言。**タータンチェック**柄や、**テーラード**と**ロココ**のドレスを折衷させるなどファッションリーダーの役割を果たしたことで知られるヴィクトリア女王ですが、水晶宮での博覧会に関してはアルバート殿下の功績が大きい。

ヴィクトリア女王は**イギリス・ハノーヴァー朝**の第6女王。祖父、**ジョージ3世**は真面目な国王でしたが、子供達は出来損ないばかり。常に素行の悪さで問題を起こしていました。ですからジョージ3世は精神を患ってしまいます。彼の死後、長男の**ジョージ4世**が国王となりますが、こいつが一番の放蕩者。67歳の生涯を終えると、新聞に「最大のバカ息子死ぬ」と書かれるくらい問題のある王さまでした。

その後、弟（ジョージ3世の3男）の**ウィリアム4世**が王位を継承、この人はちゃんとした人でしたが、即位時すでに65歳だったことからハノーヴァー家は次の国王を用意しておく必要があった。そこでジョージ3世の4男の**エドワード・オーガスタス（ケント公）**に愛人と手を切り、名家の妻を娶り嫡子を作りなさいとザクセン＝コーブルク＝ザールフェルト公国の**マリー・ルイーゼ・ヴィクトリア**を妻に迎えるよう指示をした。ケント公は、従えば自分の子供に王位継承権が与えられることになるので承諾。こうしてケント公の娘として生まれたのがヴィクトリア女王。

彼女は1837年、ウィリアム4世の崩御と共に18歳で**イギリス女王**になります。

アルバートと結婚するのは1840年。アルバートは**ザクセン＝コーブルク＝ゴーダ家**でイギリスの血統はあるが実質、ドイツ人、ヴィクトリア女王の従姉弟です。

しかしこの結婚で苦労したのはアルバート。国民から女王の旦那がドイツ人だなんて……とバカにされる。当時、イギリスは**産業革命**の余波から都市部の人口が増え危機的な状態にありました。結婚時、議会すら外国から来たアルバートの年棒は5万ポンドも払う必要なし、3万ポンドと決めたくらいです。

だからアルバートは「俺、イギリスの為にいいとこ見せる!」といろいろ頑張ったのでした。万国博覧会も彼が計画したものです。

＊　＊　＊

5ヶ月の会期を終え、取り壊しはもったいないとの国民の声に後押しされる形で水晶宮は1854年、ロンドンの南郊に再建されます。パンクソンが出資金を募り、それを元に会社を設立、土地を購入、新しい水晶宮は元の建物より大きなスケールとなりました。

新しい水晶宮でパンクストンが目指したのは、温暖地域から鳥や植物を蒐集し、誰もが植物学、動物学、地質学を学べる施設にすることでした。

しかし企業なので利潤を追求しなければならない。結果、コンサート施設が用意され、様々なショーが開ける**イベント会場**としての機能が備えられました。花火大会も行われた。パンクストンには**ヴェルサイユ宮殿**への憧れもあったので、フォレット・オスラーの噴水を移設、屋外に10の池からなる噴水群を新設しました。

僕は想像します。ガラスの宮殿の前で高く噴射する噴水の飛沫を浴びながら見る打ち上げ花火は、どれだけ幻想的だっただろうと。

ヴィクトリア女王も足繁く、訪れたといいます。しかし大衆は次第に興味を失い、1866年、火災が発生、北の**袖廊**が焼ける事故が起こる頃、水晶宮はすでに人気をなくしていました。1909年には会社が破産、水晶宮は国家の所有となり**第一次世界大戦**が始まると**海軍演習場**として使われます。そして1936年、大火で全焼してしまいます。

フューダリズムが崩れ、市民が経済的に自立し始め**ルネサンス**が始まったのは、**ディアーヌ・ド・ポアチエ**の項に、**フランス革命**は富を蓄えた**ブルジョア階級**が王に代わろうとした反乱だったのは**マリー・アントワネット**の項に記しましたが、近代の幕開けとなるヴィクトリア朝の栄光もまた、産業革命で覇権を握った**新たなる中産階級**が生んだものでした。

もう、国は王さまやお姫さまのものではなく、地位と存続はあれども一存で**お城**や**宮殿**を作れないし、作る意味もない。ヴィクトリア女王は、女王であっても勝手にバッキンガム宮殿の増改築が出来ない。作っていいのは博覧会として収益が見込める水晶宮のような建物のみ。最新技術を駆使した煌めくガラスの宮殿は、ファンタスティックながら、その場限りの蜃気楼。女王が水晶宮の輝きをどのような心中で捉えていたのか……。

21世紀に生きる僕らにはまるで解らないでしょう。

お姫さまや王さまはその時の立場で名前がコロコロ変わりますが、この本では一般に馴染み深いと思われるものに統一しました。親族の概念も日本とヨーロッパでは異なるので〝いとこ〟なども女子からみて歳下の男子の場合は、ヴィクトリア女王からのアルバート殿下をそうしたよう〝従姉弟〟というふうにしています。そして根拠が曖昧でも面白くて採用したエピソードもあります。僕は単なるお姫さま好きの作家なので、ご勘弁いただきたい。

一番好きなお城を訊ねられれば僕はここに書かなかった、**ロシア・バロック**調の水色屋根に白い**ファザード**、5階建ての**シャーリーズビル**とこたえるでしょう。

ミルクの創成期、**大川ひとみ**さんのパートナーだった**柳川れい**さん。彼女は1974年に子供服のメゾン、**シャーリーテンプル**を創設、1986年、神宮前にどうみたって童話に出てくるお城にしか見えない、爆発的に可愛い本社ビルを作りました。1階の路面店はドアすら低く、大人は屈まないと入れない。

このお店がクローズになった時は泣きました。そこは**ロリータ**の理想郷だったから……。ビルは今もありますが、シャーリーテンプルではないのでそこそこ街に馴染んでいます。2階にはバルコニーがあり外観が変わった訳ではないのに。

でもそれは、お城に住むからお姫さまなのでなく、お姫さまが住んでいるからお城——という逆説を教えるものでもあるのでしょう。

嶽本野ばら

2021年　セント・バレンタインの日に記す

イラストあとがき

〝30枚のお姫様とお城を……〟と依頼を頂きトキめいたあの日から
毎日お姫さまのことで頭がいっぱいな生活がスタートしました。
〝彼女はどんな気持ち?〟とか考えながら……

文章のスピードに導かれサクサクと楽しく描き進めていた矢先に
〝一寸先は闇〟を味わってしまいました。

人生初の事故で大怪我をして両腕と右脚を骨折してしまい
両腕は肘までギブスで固定されてしまいました。
その際ラスト2枚のイラストが手付かずのままで……
絶望感に襲われ……もしかしてこれは〝お姫さまの悪戯?!〟と。

幸い右手の方が軽くリハビリのおかげで早めに完治し

担当 美星さんの配慮により最後まで描きあげることが出来ました！ 感謝∞

このような経験を踏まえて生涯忘れることの出来ない
ワタシにとって〝初〟の記念すべき
〝愛おしい書籍〟となったことに間違いありません。

これもデザイナー時代からの野ばら氏とのご縁ゆえに実現となった1冊です。
Thanxxx♡

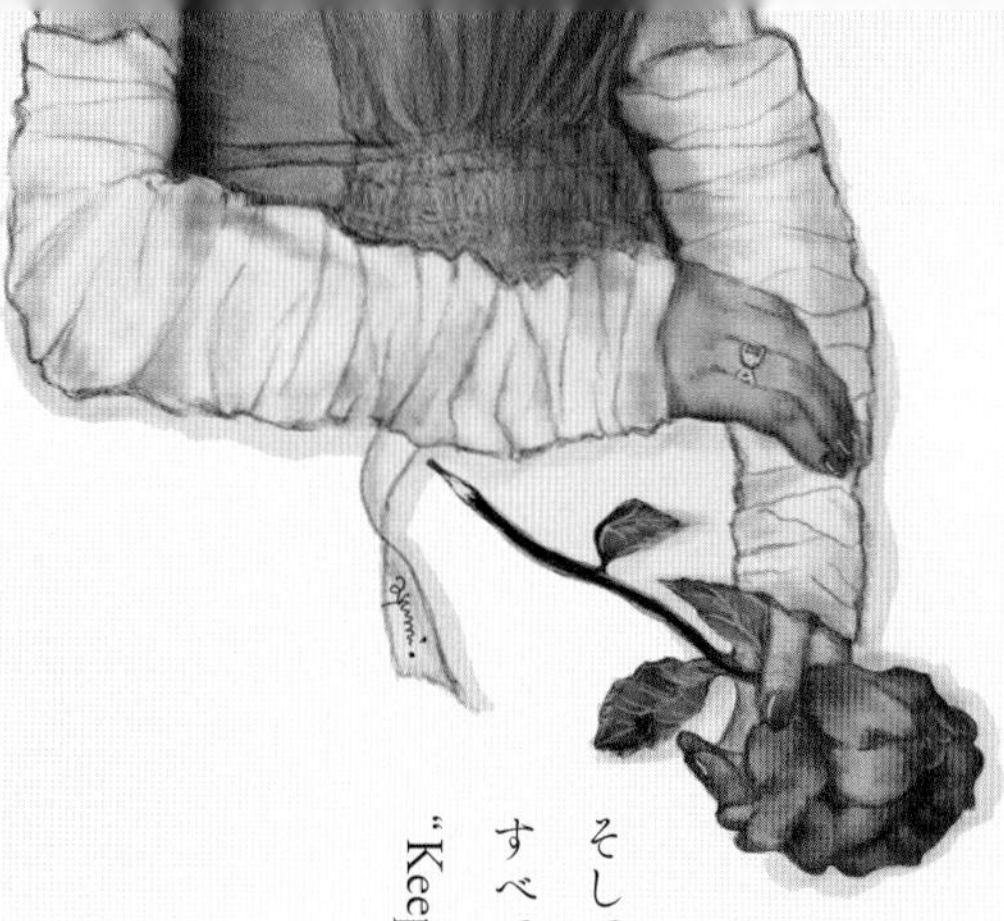

そしてこの本を読む
すべてのcuteな永遠の少女《オトメ》たちに
“Keep shining forever♡”

2021' spring
負傷中の床にて… ayumi.

索引

※同じ項の中に登場する単語は、初出のみ表記

人物

あ行

か行

ま行

建築

文

嶽本野ばら NOVALA TAKEMOTO

京都府宇治市出身。作家。1998年エッセイ集『それいぬ—— 正しい乙女になるために』（国書刊行会）を上梓。2000年『ミシン』（小学館）で小説家デビュー。2003年発表の『下妻物語』が翌年、中島哲也監督で映画化され世界的にヒット。『エミリー』（集英社）『ロリヰタ。』（新潮社）は三島由紀夫賞候補作。他の作品に『鱗姫』、『ハピネス』（共に小学館）、『十四歳の遠距離恋愛』（集英社）『純潔』（新潮社）など。『吉屋信子乙女小説コレクション』（国書刊行会）の監修、高橋真琴と共書絵本『うろこひめ』（主婦と生活社）を出版するなど少女小説、お姫様をテーマとした作品も多数。

イラスト

歩 ayumi.

東京デザイナー学院卒業。ファッションデザイナー&イラストレーター。在学時は全ての最優秀賞を受賞。のち、株式会社イッセイミヤケに入社、TSUMORI CHISATO事業部にてコレクションなどに参加し経験を積む。出産を機に同社を退社、デザイナーとして様々なブランドの仕事をし、タレントの衣装やDisney、サンリオなどとのコラボレーションも手掛ける。現在は2020年まで就任した**Emily Temple cute**のチーフクリエイティブデザイナーを辞し、手描きにこだわったオリジナル・イラストを中心にトレンドと独自のガーリーを取り入れたクリエイションを展開中。書籍での描き下ろしイラストワークは本書が初となる。

お姫様と名建築

2021年6月3日　初版第一刷発行

著者　嶽本野ばら

イラスト　ayumi.

発行者　澤井聖一

発行所　株式会社エクスナレッジ
〒106-0032 東京都港区六本木7-2-26
https://www.xknowledge.co.jp/

問合せ先　編集
Tel：03-3403-1381／Fax：03-3403-1345
info@xknowledge.co.jp

販売
Tel：03-3403-1321／Fax：03-3403-1829